——えいっ♪

ふふ、だって藤ヶ
すごく暑そうだっ

藤ケ谷（ふじがや）
…………

谷くん、
たから

てかこれだけ野菜があったら売れない？
八百屋とかやれるって！

茅ヶ崎美羽
（ちがさき・みう）

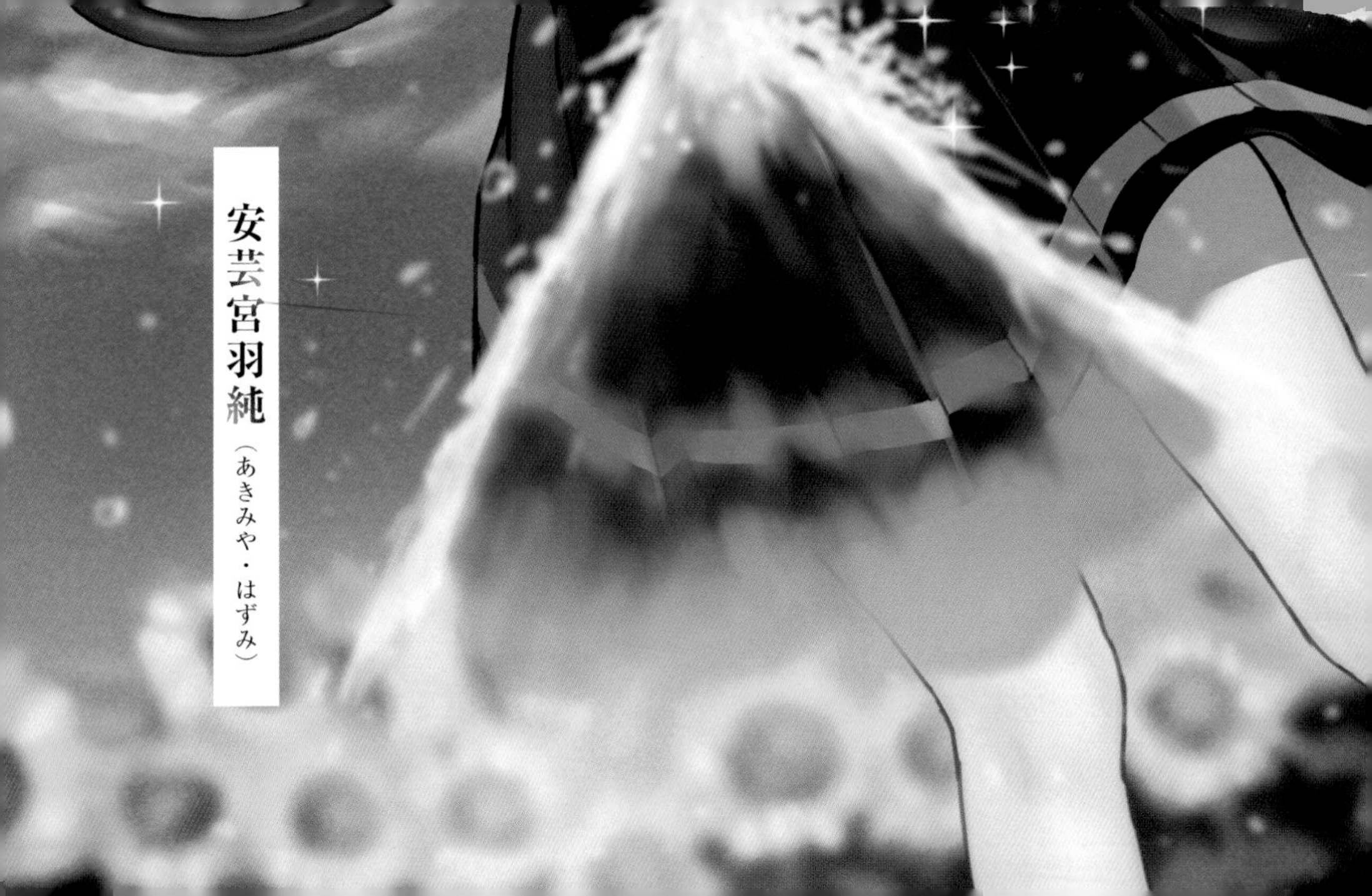
安芸宮羽純（あきみや・はずみ）

青春2周目の俺がやり直す、ぼっちな彼女との陽キャな夏

Story by igarashi yusaku
Art by hanekoto

五十嵐雄策

イラスト
はねこと

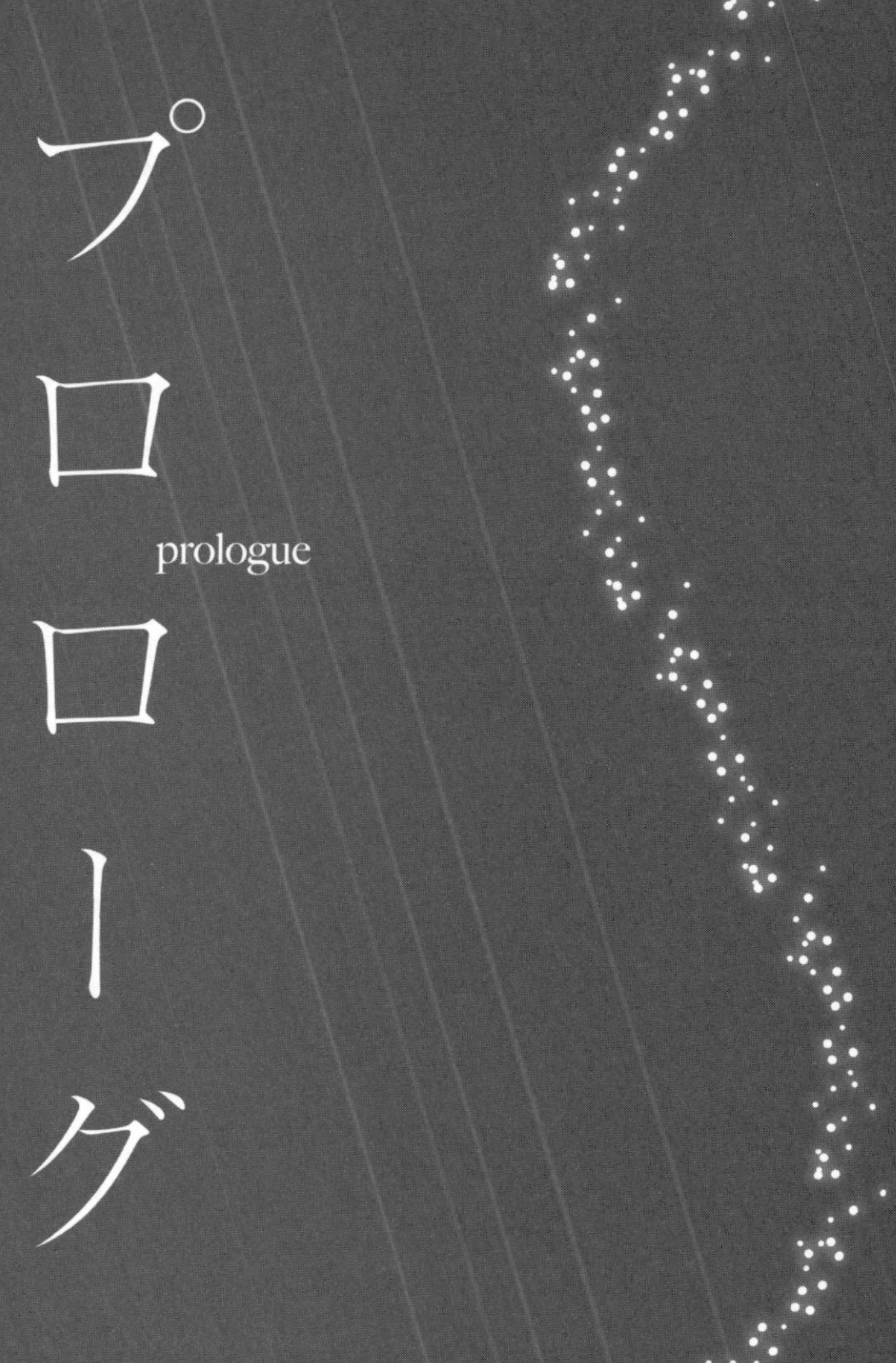

プロローグ
prologue

❀❀

雨がザーザーと音を立てて降っていた。

視界が白く濁り、七月の蒸し暑い空気の中、細かい糸のような水滴が傘を差していてもまとわりつくように服に張り付いてきて鬱陶しい。

「ねえ、もう一軒行こうよー」

隣でもたれかかるように腕を絡めていた女性が、媚びるようにそう口にした。

「ほら、あそこのバーとかよくない？　髪が濡れてイヤだから早くどっか入りたい」

「……」

「あっちのカラオケでもいいよ？　あ、もしキミさえよかったらホテルでも……」

「……悪い、帰ってくれ」

「え？」

「……今日はもうこれ以上飲む気がしない。帰ってくれ」

「えー、いいじゃん。まだ一時だよ？　夜はこれからだって」

「……」

「え、ホントに帰るの？　マジで？」

「……」

「はー、なにそれつまんなーい。顔はめっちゃ好みだったからここまで来たのに、最悪。もう見かけても相手してやんないからね」

そう文句を言いながら女は帰っていった。

その後ろ姿を一瞥して、俺は地面を蹴った。

何もかもが空っぽだった。

あちこちでまぶしいくらいに自己主張をするネオンも、目に映る土砂降りの景色も、今さっきまで隣で笑っていた名前もよく知らない女性も。

だけど一番空っぽなのは自分自身か。

ふらついた身体をガードレールで支えながら、裏道をフラフラと歩いていく。

どうしてこうなってしまったのだろう。

傍から見れば順風満帆で、思い通りの人生に見えるかもしれない。

華やかで、キラキラとしていて、生活に困ることはなくて……

だけど俺の心の中には、どうしたって埋めることのできない暗い穴が存在していた。

その穴は年々大きくなって、俺自身を飲みこもうとしている。

未来への希望も何もかも失ってしまった色のない人生。

どうしてこうなってしまったのだろう。

アルコールで朦朧(もうろう)とした頭で再び考える。

「……」

そんなもの、考えるまでもなかった。

答えは……一つだ。

あの夏の……十年前の夏に起こったあの出来事が、その後の俺の人生を決定的に変えてしまったのだという確信があった。

今思い返してもわからない。

どうして彼女はあの時、あんなことをしたのか。

そのまま、消えることのない疑問を残したまま、俺の前からいなくなってしまったのか……

そんなこと、この十年の間に何度自問したことか。

あの時も、今も、彼女の行動の真意は何一つわからないままだ。

「……」

もしも十年前に戻ることができたら……

そんな柄にもないようなことを考えてしまったのは、今日がまさに決して忘れることができないその日だったからかもしれない。

その時だった。

ふいに目の前が真っ白になった。

続いて響く耳障りなクラクション。

地面をこするような音が迫ってくるのと同時に、衝撃が全身を走った。

「……！」

回る視界。

世界が何回転かした後に、仰向けの状態で止まった。

身体の激しい痛みとともに、後頭部に触れている冷たい感触がアスファルトだということを遅ればせながら意識する。

轢かれたのだ……と気づいた。

車のドアが開く音がして、人の気配が頭上に近づいてきた。

「や、やっちまった……」とか「こ、こいつがいきなり飛び出してくるから……」とか「え、こ、こいつ、もしかして俳優の藤ヶ谷……？」などの声が聞こえていたような気がしたが、こっちとしては全身の痛みでそれどころじゃなかった。

やがて男は何やらわめいた後に、そのまま車に乗って走り去っていってしまった。

どうやら助ける気はないらしい。

「……」

それでもいいと思った。

こんな虚しいだけの人生、ここで終わってしまっても本気で構わないと、薄れゆく意識の中でそう思った。

ただ叶うなら、もう一度だけ……

「……」

はたしてその願いが届いたのかはわからない。

ジャリ……

「え……？」

足音が聞こえた。

幻覚かと思った。

今わの際に、気まぐれな神様が見せた幸せな夢なのかと。

だけど……そんなはずはない。

間違えるはずがない。

安芸宮羽純。

俺が彼女の顔を、幻覚とか、そんな安っぽいものと取り違えるわけがない。

たとえ最後に会ったあの日から十年が経っていても、絶対に。

「……」

傍らでしゃがむ気配を感じた。

そっと顔が近づいてくる。

ふと鼻腔をくすぐったのは、あの時と同じひどく甘ったるい向日葵の香り。
唇に、冷たい感触。
それがキスだということに気づくのとほぼ同時に、目の前が真っ暗になっていく。
意識が途切れる前に最後に見たのは、どこかさみしげな彼女の笑顔。
その笑顔を描きたいと思ってしまったのは……俺の最後の未練かもしれなかった。

第一話

タイムリープ

1

バタバタ……ドタン！

全身に走る衝撃とともに、目が覚めた。

「つつつつ……」

背中に広がる鈍い痛み。

右手で腰をさすりながら目を開くと、ぼんやりと浮かび上がってくる視界には見覚えのない白い天井が映し出されていた。

「どこだ、ここ……？」

いや、まったく見覚えがないわけじゃない。

この天井自体は見たことがある。

それも一度や二度じゃなく、数え切れないほどたくさん……

ただ、それがどこであったのかがすぐには出てこない。

そもそも俺は何をしてるんだ……？

おぼつかない記憶を手繰り寄せる。

すると少しずつシーンの欠片（かけら）がよみがえってきた。そうだ、昨日は確か朝から事務所で雑誌のインタビューの仕事を受けていたはずだ。昼は近くの公園でドラマの撮影の仕事をして、そのまま夕方までスタジオにいた。夜には知り合いのやっているラウンジに行き、そこで初めて会った女性と飲みながら何となく話をしていて、それで……

「……車に轢かれなかったか？」

耳をつんざくようなブレーキ音、タイヤの焦げるイヤな匂い、全身を引き裂くような痛み。

その時の感覚がリアルによみがえる。

あれは確かにあったことのはずだ。

だとしたらここは病院……？　いやそれも何か違うような……

それにしては周りにあるものが生活感にあふれすぎている。

その辺に適当に投げ捨てられたゲームのコントローラーとか、途中まで読みかけて放置されたアニメ雑誌とか、無造作に丸められた紙クズとかは、普通は病院にはないだろう。

辺りを見回しながら現状を把握しようとする。

その時だった。

「ちょっと、うるさいんだけど、お兄ちゃん！」

弾かれたように扉が開かれて、そこから制服姿の女子が飛びこんできた。

「朝からなにばたばた騒いでんの？　相撲？　落ち着いてご飯も食べてられないって」

「……」

「ていうか早く起きてこいって、お母さん言ってたよ。いつまで経ってもテーブルが片付かないって……って、なによ？」

「……」

「え、な、なに？　ジロジロ見られるとキモいんですけど……」

「おまえ、朱里……？」

「？　はぁ、なに言ってんの。あたしが他のだれに見えるの？　頭だいじょうぶ？」

本気で呆れたようにそう言ってくる。

藤ヶ谷朱里。

紛れもない――俺の妹だ。

だけど一歳年下の妹は今年で二十五歳になるはずだし、そもそも高校卒業時に家を出てから別々に暮らしているはずである。

どうしてその妹が当たり前の顔をしてここにいるんだ……？

「何で朱里が……？　いや、そもそも俺は何を……？」

状況がまったくもってわからずに混乱していると、妹は訝しげに目を細めた。

「まだ寝ぼけてんの？　ったく、かわいい妹がわざわざ部屋まで起こしにきてあげたっていうのに。だいたいなに急に『俺』とか言い出しちゃってんのよ？　お兄ちゃんはずっと『僕』とかだったじゃん」

「部屋……？」

「はぁ？　だからここはお兄ちゃんの部屋でしょうが」

その言葉にようやく気づく。

そうだ、ここは実家だ。

実家の……自分の部屋だ。

家を出て以来目にするのなんてほぼ七年ぶりだったため、すぐにはそうだと認識できなかった。

だけどこれはどういうことなんだ？　事故に遭って意識を失ってそのまま実家に運び込まれたとか、そういうことなのか……？

何か違和感があった。

自分の中の直感というか、第六感のようなものが、今のこの状況がそんな簡単なものではないと告げていた。

だいたい……どうして妹はこんな制服を着ているんだ？

明らかに学生のものと思われる制服。妹にコスプレ趣味はなかったはずだし、コンカフェだとかそういう店で働いていたことも俺の知る限りないはずだ。

それに何よりも。

「だから、さっきからなんなの？　じっと見て、怖いんだけど……」

妹の姿は……今年二十五歳とは思えないほど、幼かった。

そう、まるで中学生にでも戻ったかのように。

「……」

一つの可能性を頭に抱きながらベッドから立つ。

そんなことはあり得ないだろうと思いつつも、どうしても確かめざるを得なかった。

そのまま向かった先は、部屋の隅に置いてあるスタンド付きの鏡。

確か中学入学時に近所の百円ショップで買った、どこにでもある安っぽい代物だ。

その隣にあった絵の具とスケッチブックに一瞬胸がズキリと痛むも……今はそれはどうでもいい。

ゴクリと息を呑(の)みこみながら、俺は鏡を覗(のぞ)きこむ。

するとそこに映っていたのは……

「……ウソだろ……」

どこからどう見ても中学生にしか見えない……あの頃の、十四歳の自分の姿だった。

2

たとえばこれは、俺が見ている夢なのかもしれない。

車に轢かれて生死の境をさまよっている俺に、痛みを紛らわせるために脳が見せている幻。

言ってみれば走馬灯のよりリアルなもの。

だけど自分で頬を叩いてみても、嫌がる妹にひたすらデコピンをしてもらってみても、一向に目が覚める様子はない。ただ痛みと妹の不審者を見るような痛い視線がひたすらに突き刺さってくるだけである。

だとしたら、これはそういったものではないのかもしれない。

夢や走馬灯などではなくて、俺自身が中学生に戻ってしまっているのだとしたら……

そういった現象のことを、聞いたことがあった。


――タイムリープ。


そんな単語が頭に浮かぶ。

確か……自分自身の意識だけが時間を移動して、過去や未来の自分の身体に乗り移る……という現象だったはずだ。

つい先日撮影をしたドラマがまさにそれをテーマにしていたことから、よく覚えていた。

「え、いや、ホントに……？」

だけどそんなことが本当にあり得るのか。

精神だけが時間を遡るなんて、そんなファンタジーなことが実際に起こるなんて……

やはり事故に遭ったまま意識が戻らずにずっと白昼夢の中にいるか、あるいは中学生の自分が精神だけ二十五歳になった妄想を見ているとでも思った方がよっぽど納得できる。

「……」

いくら考えても答えは出ない。

いや、答えが出る時には、走馬灯は終わり、俺は死ぬのかもしれないけれど。

「……あのさ、さっきからなんかぶつぶつ言ってて怖いんだけど」

「悪い、ちょっと黙ってくれ。考えがまとまらない」

「はあ……？　まあ別にいいけどさ、でも早くしないと遅刻するよ？」

「遅刻……？」

「だから、さっきから言ってんじゃん。早く起きてこいってお母さんが言ってるって」

そうだった。

詳しい状況はわからないままだけれど、今の俺は中学生だ。そして中学生ということは学校に行かなければならないということである。

よくわからないが、そこにはなぜか使命感のようなものがあった。

それは学生時代に脳の奥底に刷り込まれた本能のようなものかもしれない。

ただ……だとしたら何よりもまず、やらなければならないことがあった。

鏡で中学生の自分の姿を見た瞬間から、気になって仕方がないことがあった。

それは……

「……いや、この救いようのない見た目はやばいって」

それだった。

いや、中学時代の自分がイケていなかったことはよーく覚えている。

コミュ障で、オタクで、スポーツが苦手で絵ばかり描いていて、その割に勉強ができたわけでもなく、ろくに友だちもおらず、休み時間はトイレに行っているか、机に突っ伏して寝たフリをして時間が過ぎるのをただ待っているような陰キャの典型だったはずだ。……いや自分で言っていて少し泣きたくなってきたけれど。

だけどそれにしても……これはないんじゃないか。

思わず自分で突っこんでしまう。

目にかかるほどの長さで重く切りそろえられた前髪、というか全体的に伸ばしっぱなしで何の手入れもしていない適当な髪、よくわからないアニメキャラがプリントされたTシャツ、アイロンもかかっていないヨレヨレのズボン。

あまりにも……あまりすぎる。

やる気のない内面は表に出るというが、それにしたって努力の跡が皆無すぎた。

「……朱里(あかり)、前髪用のハサミとか持ってない？」

「え？　そりゃあ持ってるけど」

「貸してくれ」

「は？　なんで？」

「いいから」

「いいけどさ……」

目をぱちぱちとさせる妹から半ば強引に身だしなみセットを借り受けて、そのまま一階の洗面台へと向かう。

「まずは前髪を軽くして、ドライヤーで適当に散らせばいいか……全体も少し梳(す)いて動きを出せばまあ何とかなる。あとは眉毛を……」

当たり前だけれど、整髪料やヘアオイルの類いなどはない。

なので妹の持っていたものなどを拝借させてもらって、何とか最低限の体裁は整えていく。

「……こんなもん、かな」

三十分後。

かなり応急処置的な対処だが、とりあえず見ることができるくらいのレベルには何とかすることができていた。何にせよ今日の帰りにドラッグストアで、ヘアワックス、スプレー、ブラシを買ってくるのはマストだ。

「え、お、お兄ちゃん？」

と、俺を見た妹が声を上げた。

「ん、悪い、色々借りた」

「そ、それはいいけど……ど、どうしちゃったの？　ほ、ほんとにあのお兄ちゃん……？　完全に別人っていうか……え、昨日まで私がいくら言ってもあんなにダサダサで菌糸類みたいで救いようのないくらい陰キャだったのに」

声を震わせながら妖怪でも見たような表情でそんな失礼極まりないことを言ってくる妹。

いや俺はキノコか何かか。

とはいえ……言いたいことはわかる。

さっきまでの俺は、身内の贔屓目(ひいきめ)で見ても最悪レベルだった。

努力を何もかも放棄しているというか、全体的に諦めの境地しか感じられない。

素材がどうのこうのとか言う以前の問題だ。

少なからず外見を使うことにより生計を立てていた身としては、あんな朝まで飲んだ翌日のボロキレのような格好で登校するなんて到底許容できるものじゃなかった。

「行ってきます」

朝飯を食べる時間はなくなってしまったので、駆け足気味に家を出る。

台所のテーブルで新聞を広げる父親と、朝食をパスしたことに文句を口にする母親の姿がチラリと目に入った。

そういえば、この頃はまだ父親も母親も元気にしてたんだよな。

そう思うと妙に感傷的な心地になりつつも、俺は自宅を後にした。

3

実に十年以上ぶりになる中学の通学路だったが、道は何となく身体が覚えていた。

どうも子どもの頃の記憶というものは、大人になってからのそれよりも数倍鮮やかに残るものみたいだ。

夏の日差しが強く照りつける中、たくさんの生徒たちが川のように流れていくのに従って、見覚えのあるコンビニを横目に大通りを進んでいく。もう少し行くと十字路があって、その先にある歩道橋を渡ればすぐに中学校が見えてくるはずだ。

「懐かしいな……」

地元になんて、家を出て以来一度も戻っていない。

十年一昔と言うけれど、特に学生時代の一年は成人してからの三年に匹敵するかもしれない。とすれば体感的には三十年前くらいだろうか。そういえばこの頃はまだスマホは普及し始めたばかりで中学だと持っている生徒も少なかったとか、コンビニ店頭でのコーヒーサービスが人気になり始めていただとか、オリンピック開催が決まって世間が浮かれていただとか……そんなことを思いながら通学路を歩いていく。

ちなみにだが、さっきから周りにはたくさんの生徒たちの姿が見えるものの、話しかけてくる友だちなどは一人もいない。

皆、家が近い者同士や仲のいいグループなどで楽しげなのにもかかわらず、俺が歩いている周りだけはそこにエアポケットのようにポッカリと空間があるかのようである。

……ぼっちだったからなあ……

だんだんと思い出してきた。

陰キャだった中学時代。

見た目も中身も地味で暗く喋(しゃべ)るのも得意でなく、いっしょに登校したり教室で仲良く話をしたりできるような友だちなどほとんどいなかったのだ。

朱里(あかり)の言じゃないけれど、ジメジメとしたキノコのような毎日。

改めて、この上ない青春の無駄遣いだったと思う。

この頃に得た青臭くも少し気恥ずかしい経験が、十年後には何よりも輝いて見える唯一無二の宝物になるのだと、今なら身に染(し)みて知っているのに。

何気ないはずの登校風景の貴重さを嚙(か)みしめながら、一人歩いていく。

「……」

ただ……何だろう。

さっきから、何だか周りからチラチラと見られているような気がする。

仕事の性質上、他人からの評価を気にするものであることから視線には敏感になってしまったというか、見られていればある程度はわかるようになってしまった。

「……ねえ……あれ……」

「……あんな子……たっけ……」

「……ちょっと……よくない……？」

というか、そんなヒソヒソ声まで聞こえてくる。

うーん、やはり即席の手入れだけでは見た目を十分にカバーしきれなかったのかな……と持っていた手鏡で一度どうなっているかを確認しようとしたその時だった。

「……っ……最悪……もう、なんでこうなるのよ！」

と、道の先から、そんな声が飛びこんできた。

「？」

「急に壊れるなんてマジあり得ないんだけど……ていうか靴ってこんな風になるもんなの……？」

よく通る声の、目立つ女子だった。

電柱につかまってその場でぴょんぴょんと飛び跳ねながら、困った表情を浮かべている。

どうやらローファーのかかとが壊れてしまい、歩けなくなってしまっているようだ。

大変だな……と思いつつ、女子の近くまでやってきたその時だった。

困り顔でありつつもなお整っているその女子の顔に、見覚えがあることに気づいた。

確か隣のクラスの読者モデルをやっていた有名な女子で、いわゆる一軍とかカースト上位とか言われていた部類だったと思う。

そんな当時の自分とはまるで接点のなさそうな相手ではあるのだけれど……どうして覚えているのかというと、それには理由があった。

そうだ、確かこの一軍女子に、俺は卒業までずっと嫌われ続けていたのだ。

それがどうしてかというと……

「あー、ねえねえ、ちょっとそこのキミ」

と、女子がこっちを見てそう言った。

「？　俺？」

「そうそう。キミ、二年生でしょ？　見たことないけど、ネクタイの色がそうだし」

胸元のネクタイを指さしながら手招きをしてくる。

そうだ、あの時もこうやって声をかけられた。

そして……

「あのさ、ごめんなんだけど、ちょい助けてくれない？　ほら、かかとがこんなになっちゃって、動けなくてさー……」

こんな風に助けを求められたのだ。

当時は何で陰キャの自分が……と挙動不審レベルで戸惑ったのを覚えているが、女子からしてみればたまたま通りかかった気の弱そうな男子を呼び止めただけで、さして意味なんてなかったのだろう。

なのでそれは置いておくとして、問題はその時に俺がとった行動だった。

結論から言えば――逃げた。

助けを求められたのにもかかわらず、一言も返事を発することすらせずに、ライオンに睨まれたインパラのごとく一目散に走って逃げ出したのだ。

や、あの頃はただでさえ女子は苦手だったし、ましてやそれがこんな自分とは遥かにかけ離れた一軍女子が相手だったら、あの時の俺じゃあ逃げる以外の選択肢なんてまずなかっただろう。

とはいえ大勢の生徒が見ている中で陰キャ相手に助けを求めたにもかかわらず、完全にスルーされて逃げられた一軍女子の心中は……想像してあまりあるものがある。

（いや我ながら最悪だよな……）

結果、嫌われたとしても……仕方がなかったとは思う。

少なくとも四十八はある、中学時代の黒歴史の一つだ。

ただ今は違う。

いくら大人びていてハデな見た目であっても、中身が二十五歳の身からすれば、あくまで十歳以上年下の中学生だ。

怖がることなんてないし、普通に受け答えをすれば、まず問題なく対処できるはずだ。

「……」

というわけで、まずは——相手をよく見る。

どういう外見で、どういう性格か。何が好きで何が嫌いか、情報はそこかしこにたくさん転がっている。

相手をよく観察して、対処法を考えるのは、実は悪いことじゃない。

相手によって対応を変えるのは八方美人などと思われがちだけれど、人それぞれ十人十色なわけだし、その相手に合った分析をして相手がしてほしいことを読み取るのは、立派なコミュニケーション能力の一つだ。

そのことを、俺は、デビュー前にコミュ力の訓練のために通ったホストクラブで、そしてデビュー後のドラマやバラエティの現場で、イヤというほどたたき込まれていた。

おかげで今は、観察眼には少しばかり自信はある。

それを踏まえて……改めて目の前の女子を見る。

よく手入れのされた明るい色の髪、ばっちりきめられたメイク、いい感じに着崩された制服。

さっきから話しかけてくる距離もやたらと近い。

見ての通りの、陽キャの典型みたいな一軍女子だ。

だとしたら、この場で一番適切な対応は……

「ええと、大丈夫？　朝からこんなことになって大変だったんじゃないか？」

フランクな態度で、俺は女子に声を返した。

「あーね、マジ困ってたんだよね。これじゃ歩けないし、友だちもぜんぜん通りかからないし……」

「一人じゃどうにもならないもんな。わかった。とりあえず肩につかまって。片足で立ったままなのも大変だろうから」

「あ、うん。さんきゅー」

一歩近づいて、女子を肩につかまらせる。

距離がわずかに近づき、ウェーブのかかった明るい色の髪から甘い匂いがふわりと辺りに漂う。

よし、この対応で間違いないはずだ。

「それでこのかかとだけど……うん、これくらいなら直せると思う」

「え、マジで？」

「たぶん」

パッと見た感じでは、何とかなりそうだった。

新人時代に先輩タレントのヒールのかかとを直すことなどもよくあったので、それをローファーにも応用することができるはずだ。

「完全には壊れてないみたいだから、かかとさえくっつけばきっと……」

カバンの中から持っていた絆創膏を取り出して、貼り付けることができないか、かかとの状態を確認していく。

その際も、フラットな態度を崩さない。

こういった常日頃から周りに人が絶えなくて人気があってコミュ力のあるタイプは、自分と対等に接してくれる相手に親近感を覚えるはずだ。

「どう、直りそ？」

「ん、いけると思う」

「へぇ、絆創膏を使うんだ。見かけによらず器用なんだね、キミ」

俺の手元に興味津々な視線を送りながら女子が後ろから身を乗り出してきた。

柔らかな重みが少しだけ背中にかかり、漂う香りとともに、首の横から女子の顔がひょいと覗きこまれる。

だけどそれがよくなかった。

重心を前にかけすぎたのか、その拍子に女子はぐらりとバランスを崩してしまった。

「あ……きゃっ！」

「……っと」

危うく転倒しかけたところで、抱きとめるようなかたちで女子の身体（からだ）を支えた。

見た目よりもだいぶ軽くて少し驚く。読者モデルをやっているとのことだったから、ダイエットでもしているのかもしれない。

「大丈夫か？」

「え、あ、う、うん……」

「あんまり身を乗り出すと危ないから、ちゃんとつかまってて」

「……そ、そうする」

微妙に顔を逸（そ）らしながら、女子がもにょもにょとそう口にした。

それを横目に、作業を再開する。

「ん、こことここに絆創膏（ばんそうこう）を貼れば何とかなるな。後は固定して……よし、これでもう大丈夫だ」

手で動かしてみてかかとがちゃんとくっついているのを確認する。ひとまず学校に到着するまでなら問題がないくらいの状態にはなっていた。

「え、もうできたの？　わ、ほんとだ、直ってるじゃん！　すごいすごい、マジありがと！」

女子が満面の笑みを浮かべて喜ぶ。

「ただあくまで応急処置だから、放課後にでもちゃんと靴屋に行って直してもらった方がいいと思う」

「うん、わかった！　行く行く」

「ん、それじゃあ」

女子が靴を履くのを確認してその場を離れようとして。

「あ、ちょ、ちょっと……！」

「？」

「あ、その、名前くらい……」

「俺？　藤ヶ谷だけど……」

「そ、そっか。あたしは美羽。茅ヶ崎美羽。ほんとにありがとね！」

そう手を振って、女子は走り去っていった。

いやだから、直したてだから走ると危ないのに……

注意しようと思ったけれど、女子はあっという間に声の届かないところまで行ってしまっていた。

まあ、こればかりは絆創膏の効力を祈るしかない。

「……ふう」

とはいえ、一息つく。

ミッションコンプリート。対応に問題はなかったはずだ。

ひとまずこれで、少なくともあの女子から嫌われたということはないと思う。

ということは……黒歴史が一つ、消えたかもしれない。

そう考えると、少しだけ心が軽くなった。

「……」

ふと思う。

あの時もこうしてちゃんと他人と向き合うことができていれば、少しはその後の中学生活も変わっていたのだろうか。

……いや、そんなことはないか。

結局のところ、そんなものは小さな問題に過ぎない。

俺の中学時代を決定的に思い出したくないものにして、その後の人生に致命的な影響を及ぼした、あの出来事がある限りは……

「……」

もしもこれが本当に十年前の中学時代なのだとすれば、いずれその全てを変えてしまうこととなるあの出来事とも向き合わなければならなくなるのかもしれない。

それも、そう遠くないうちに。

だとしたら、その時、俺は……

「……行こう」

湧き上がる予感を振り払うかのように頭を振って。

中学へと足を向けたのだった。

4

学校というのは、不思議な空間だと思う。

特徴的な校舎の造り、漂うコンクリートの匂い、リノリウムが鳴る廊下の音。

あまりにも懐かしくて、つい立ち止まって感慨にふけってしまう。

ロクな思い出がない中学生活だったけれど、それでもこの校舎の風景には郷愁を呼び起こす独特の空気があった。

「ええと、確か教室は……」

二年一組だったはずだ。

昇降口で上履きに履き替えて廊下を歩き出す。

二階の一番奥まった場所。賑やかな声が聞こえてくる教室の手前で一瞬だけ手が止まるも、思い切ってそのままドアをスライドさせた。

俺にとってはおよそ十年ぶりになる……中学校の教室。

「だからさー、やっぱあそこでちゃんと言っとくべきだったんだって」

「あ、わかるわかる。あれはないわー」

「ねえねえ、今日の数学って窓際(まどぎわ)の席が当たるんだっけ？」

教室の雰囲気は、ごくごく普通だった。

大部分のクラスメイトたちは各々(おのおの)仲の良いグループで集まってとりとめもない会話をしている。昨日見たテレビの内容とか今日の授業の予定とかの他愛もないものだ。その脇で宿題を必死に書き写している者や、喧噪(けんそう)など我関せずといった様子で一人本を読んでいる者もいる。

（ああ、こんな感じだったっけ……）

あの時は、この空気に溶けこみたくて必死だった。

だけどどうすればそれができるのか当時はどうしてもわからなかった上に、そんな自分を認めたくもなくて、結局最後まで輪の外にいることしかできなかったのだ。

目の前の光景に少しの胸の痛みと憧憬を覚えつつ、自分の机の位置を思い出しながらクラスメイトたちの間をすり抜けていく。

と、その時だった。

「……ん？」

　最初に気づいたのは、机の上で足を組みながら楽しげに話をしていた女子だった。

　机の横を通り過ぎた俺を見るなり、首を大きく傾けながら声を上げた。

「ん？　んんん……？　きみ、だれ？」

「え？」

「見ない顔だけど、だれ？　転校生？」

「いや、俺は」

「あれ？　でもどっかで見たことあるんだよね。目に見覚えがあるっていうか……」

「……」

「……って、もしかして藤ヶ谷(ふじがや)!?」

　一分ほど熟考した後に張り上げられたその声は、騒がしかった教室中に一気に響き渡った。

「え、なになに！　どうしたの！　なんで急にそんなイケメンになってんの!?　びっくりなんだけど！」

「あ、それは」

「ていうかマジですごいね！　ほとんど別人じゃん！　や、もともと素材はいいっていうのは前から知ってたけど、ここまで変わるものなんだー！」

　放された犬のような勢いで畳みかけてくるため口を挟むことができない。

　思い出した。この女子の名前は、佐伯千紘(さえきちひろ)。

見た目こそそこまでハデではないものの、気づけばいつもクラスの中心で笑っているような明るい陽キャで、こういう食いつきのいいタイプだったのだ。

「ん、なに？　なに騒いでるの？」

「藤ヶ谷がどうかしたん？」

「ていうかそっちの男子、だれ？　千紘の知り合い？」

その声につられて、他のクラスメイトたちも集まってきた。

俺を見ると、そろって声を上げる。

「え、その子、藤ヶ谷くんなの？　うそ！」

「ぜんぜん別人じゃね？　言われなきゃ絶対わかんないんだけど……」

「え、マジで⁉」

あっという間に人だかりができる。

その好奇の視線に、若干の居心地の悪さを覚えた。

やっぱりどうにも耐えられなかったとはいえ、急にここまで外見を変えたのはまずかった、のか……？

昨日まで陰キャだったやつが急に見た目を意識して調子に乗り出しことに、からかいや揶揄の声が飛んでくるかもしれない。

そう思い身構えていたのだけれど……

「わー、思い切ってイメチェンしたねー。でもこっちの方がいいよ！」

「すげぇいいじゃん！　もっと早くやってればよかったのに」

「え……？」

「うん、普通にいい感じじゃん。似合ってる」

「その前髪ってどうしてんの？　ワックス？」

「え、こんないいもの持ってたのに、何で昨日まで何もしてなかったの？　もったいないー」

返ってきたのは、そんな肯定の言葉だった。

それらのリアクションにマイナスなものは一切なく、普通に友好的な響きしかない。

「……」

というか……このクラスって、こんなにフレンドリーだったのか……？

あの時はいつだって一人で、クラスメイトたちとは何一つ共有できるものなんてないように思えて、とても打ち解けることなんてできないと思っていた。

周りが全部、異星人みたいだと思っていた。

だけどそれは自分が心を閉ざしていただけで、実際のところは一度目もこんな風に開かれた空気だったのだとしたら……

「てか藤ヶ谷(ふじがや)、そういうのに興味あるんなら、今度いっしょに服でも買いに行かね？」

「え、あ、ああ」

「よく見ると藤ヶ谷くん、お肌もきれいだねー。何かやってるの？」

「あ、うん、化粧水はいちおう使ってるかな」

「えー、どこのどこの？　教えてよー」

「ていうか藤ヶ谷くん、こんなに話しやすかったんだね」

「うんうん、休み時間とかいつも寝てたから、あんまり話すのが好きじゃない人なのかと思ってた」

「そういうことならもっと絡んでこうぜ」

口々にかけられるそんな言葉。

目の前に少しだけ光が射しこんだような気がした。

もしかしたら何かを変えることができるかもしれない。

今のこの状況が夢であれ、走馬灯であれ、タイムリープであれ。

一度目とは違った何かを……ここで見つけることができるかもしれない。

そんな僅かな期待が胸の奥で頭をもたげる。

だけど。

そんな小さな希望も……次の瞬間、どこかに吹き飛んだ。

教卓の上に置かれた白い花瓶。

そこに生けられた……向日葵の鮮やかな黄色を目にして。

「ん、どしたの？」

「……あの……花……」

絞り出すように声を出すと、佐伯さんがこう口にした。

「？　ああ、安芸宮さんがやってくれてるやつでしょ？」


「……っ……」

全身が固まったような気がした。

夏なのに、まるで身体中の血液が全て凍りついたような感覚さえした。

「あれ、そういえば今日はまだ安芸宮さんは来てないの？」

「そうなんじゃやない？　花、昨日のままだし」

「あれって毎朝安芸宮さんが替えてくれてるんだよねー。マジすごいって」

「尊敬するー」

クラスメイトたちの声さえ、もうほとんど耳に入ってこない。

胸の奥から、記憶の痛みからあふれ出る感情を、抑えることができなかった。

「……！」

「？　あれ、ちょ、どこ行くの藤ヶ谷？　もうホームルーム始まるよー！」

ほとんど反射的に、俺は走り出していた。

5

彼女がいつもいたあの場所のことは、今でもハッキリと覚えている。

教室ではいつも周囲とにこやかに楽しげに話していたにもかかわらず、休み時間になるとふらりとどこかに消えてしまっていた彼女が、学校での時間の大半を過ごしていた場所。

下駄箱で外履きに履き替えて、校舎の外へと向かう。

七月の強い日差しが肌に刺さる。

汗が流れて、整えた前髪が崩れて額に張り付く。

だけどそんなものは気にせずに走った。

そこに彼女がいるという、高揚感とも不安感とも言いがたい感情があふれてきて……抑えられなかった。

「ハア……ハア……」

肩で息をしながら、やがてたどり着いた場所。

飛びこんできたのは、黄色だった。

一面に広がる、黄の洪水。
目の前には何本何十本もの向日葵が、まるで絵の中の光景のように広がっている。

その真ん中に……彼女はいた。

「あ……」
向日葵の黄色に映える色素の薄い髪。
夏の日差しの下にあってなお陶磁器のように白い肌。
吸いこまれていきそうな琥珀色の瞳。
記憶の中にあるのと……何もかも寸分違わない姿で。
「……安芸宮……？」
一歩踏み出す。
カラカラに渇いた喉の奥から絞り出すように、その名前を声に出す。
俺の声に気づいたのか、彼女はゆっくりと振り返った。
こちらを見て何度か目を瞬かせると。
彼女はちょこんと首を傾けて、こう口にした。

「――藤ケ谷くん？」

向日葵と、君と

幕間①

彼女と僕が初めて出会ったのは、中学二年に上がって二ヶ月ほどが経った頃のことだった。

確か昼休みにクラスにいたくなくて、適当な避難場所を探していた時だったと思う。

校内の人のいないところを探して歩いていて、ふと迷いこんだのだ。

校舎裏の、花壇が立ち並ぶ一角。

こんな場所があったのかと驚いた。

静かで、人の気配がなくて、だけど色鮮やかなその場所は、まるで周りから切り離されているかのように思えた。

「向日葵、好きなのかな？」

「！」

飛び上がって驚いた。

人がいたとは思わなかった。

振り返ると、そこには向日葵の陰に隠れるようにしてたたずむ、一人の女子の姿があった。

向日葵の黄色に映える色素の薄い髪。

夏の日差しの下にあってなお陶磁器のように白い肌。

吸いこまれていきそうな琥珀色の瞳。

その人形のように整った顔には、見覚えがあった。

確か……

「安芸宮……？」

俺の問いに、にっこりとうなずく。

「同じクラスの、藤ヶ谷くんだよね？」

「あ、うん。そうだけど……」

思わず言葉に詰まる。

安芸宮とは同じクラスとはいえほとんど話したことがない。

いやそれを言ってしまえば、クラスメイトで親しく話したことがある相手なんて、一人もいないわけなんだけれど。

「ええと、どうして安芸宮はここに……？」

「わたしは園芸部員だから。藤ヶ谷くんこそ、どうしてこんなところに？　ここはほとんど人は来ないのに」

「え、僕は……何となく」

本当の理由はどうしてか言いたくなくて、僕はそう答えた。

濁した声から何かを察してくれたのか、安芸宮もそれについてはそれ以上は追及してこなかった。

「向日葵、好きなの？」

さっき投げかけてきた質問を、安芸宮は再び口にした。

「え？」

「じっと見てたから、そうなのかと思って」

「……別に、特に好きなわけじゃない。でも……」

「？」

「この場所は……少しいい、かも」

それは僕の正直な気持ちだった。

ここは静かで、穏やかで、どこか居心地がいい。

それに向日葵は……モチーフにするくらいには、好きだ。

その言葉に、安芸宮は声を上げて笑った。

「そうなんだ！　そう言ってくれるとうれしいな。わたしもここは好きだから」

それは向日葵のような笑顔だった。

彼女のすぐ後ろで咲く、大輪の花々に負けないほどの明るくて真っ直ぐで元気な笑い顔。

気づいたら、僕はこう口にしていた。

「あ、あのさ……」

「？」

「えっと、また来ても……いいかな？」

それはたぶん、せいいっぱいの勇気を振り絞って言ったものだったと思う。

その僕の言葉に。

安芸宮は再び笑みを浮かべると、大きくうなずいた。

「うん、向日葵みたいに素敵な提案！　いつでも来て！　待ってるから」

――これが僕と、安芸宮羽純の、初めての出会いだった。

第 二 話

安芸宮羽純

1

七月第一週。

この十年前の世界に戻ってきて——二度目の中学生活を送るようになって、一週間が経とうとしていた。

今のところ、この予想外に与えられたロスタイムが終わる気配はなかった。

ただ淡々と、凪のように続いている。

これが夢にしろ、タイムリープにせよ、しばらくはこの状態が続いていくのだと、何となくだけれどそんな予感がした。そこには俺の願望も入っていたのかもしれないけれど。

というわけで、今日も今日とて中身二十五歳の俺は……中学生として二度目の日々を送っていた。

「おー、おはよっ、藤ヶ谷」

「ん、おはよう、佐伯さん」

通学路を歩いていると、たまたまいっしょになった佐伯さんが声をかけてきてくれた。

「今日も暑いねー。もう朝からアイスが食べたいよー」

「わかる。今ガリガリ君が目の前にあったらすぐに飛びついてると思う」

「お、わかってくれるー？　ちなみに基本のソーダ味と新しめの梨味、どっちが好き？　あたしはねー」

隣に並びながら、明るい笑みを浮かべて話しかけてきてくれる。

あの日以来、佐伯さんとはよく喋るようになった。

教室での席も近かったし、一度目の記憶だと、もともと陽キャで友だちがたくさんいてクラスの中心にいるようなキャラだったので、人と関わるのが好きなのだろう。

「よう、藤ケ谷、佐伯」

「二人とも、おっはよー」

「あーあ、一時間目から英語ってだるいよねー」

「藤ケ谷のそのレザーブレスいいな？　どこで買ったんだ？」

通学路を二人で歩いていると、他にもこの一週間で仲良くなった何人ものクラスメイトが、通り過ぎる際に挨拶をしていってくれる。

もちろん佐伯さんがいっしょにいるということは大きいのだろうけれど、それでもそれはこの上なく新鮮なことだった。

こんなのは、一度目には考えられなかったことだ。

通学途中で会ったクラスメイトと話しながら並んで登校をして、さらにこんな何でもないやり取りをできるなんてことは。

通学路には、セミの鳴き声が大きく響いていた。

辺りには新緑の木々が葉を茂らせていて、七月の強い日差しが地面に濃い影を落としている。

それだけ見れば一度目と何ら変わらない夏の光景だったけれど、俺の心の内は大きく違っていた。

きっかけとなった出来事は、もちろん決まっている。

（安芸宮……）

あの日……この十年前の中学時代に戻ってきた最初の日に、向日葵畑で安芸宮羽純と再会した時のことを思い出す。

❀❀❀

「——藤ヶ谷くん？」

「安芸宮……なんだよな……？」

思わず口をついて出た言葉。

疑問に疑問で返すという答えにくいリアクションをした俺に、安芸宮はおかしそうに笑いながらうなずいた。

「うん、そうだよ。安芸宮羽純、十四歳。趣味は植物全般を育てることで、一番好きな花は向日葵。得意科目は英語と古文で、スリーサイズは秘密。どうしたの、わたしのこと、忘れちゃった？　ミョウガを食べ過ぎでもしちゃったのかな？」

「いや、そんなこと」

「ふふ、冗談冗談。それよりそっちこそ、藤ヶ谷くん、なんだよね？　何だかずいぶん見た目が違ってるから」

「あ……」

そうだった。

今の俺の外見は、十年前のそれとはぜんぜん様変わりしているのだった。

だけどクラスメイトたちがすぐには俺だとわからなかったこの姿を、安芸宮は一目で気づいてくれた。

それが……飛び上がるほど嬉しかったということに、自分自身驚いた。

「これは、その、ちょっと色々あって」

「そうなんだ？　でも似合ってるよ。なんか前髪がふわってしてて、オジギソウみたいでかわいいかも」

「そ——そっか」

その言葉に少しだけ声が上擦ってしまった。

かわいい、と言われたことに、年甲斐もなく照れてしまったのだ。

「だけどどうしたの？　藤ヶ谷くんが朝からここに来ることって、あんまりなかったのに」

「あ、それは……」

「あ、もしかしてわたしに会いたかったとか？」

「え？」

「朝からわたし成分が足りなくなって補充しに来たとか、そういうのでしょ？　わかってるんだから♪」

イタズラっぽく笑いながらそう見上げてくる。

ほとんどその通りというか、安芸宮の名前を聞いて教室から反射的に飛び出してきてしまったわけだけど……

だけどそんなことは言えない。

言いたいけれど、言えない。

考えた結果、口から出たのはひどく当たり障りのない言葉だった。

「や、もうすぐホームルームが始まるのに、安芸宮が来ないから。何かあったのかと思って」

「え！　わ、そっか、もうそんな時間なんだ！　ちょっと花壇の手入れをしてたの。ほら、昨日けっこう雨が降ってたから土が流れたりしてないかなって。でもそうしてたら夢中になっちゃってたみたい」

それはとても安芸宮らしい理由だと感じた。

「そっか。花壇は大丈夫だった？」

「うん、ちょっと水がたまってたくらいだったから。手入れしたらすぐにだいじょうぶになったよ。問題なしなし」

「ならよかった」

十年ぶりとなる会話。

はたして安芸宮と再会した時にちゃんと話すことができるか不安だったけれど、そのブランクをほとんど感じさせないほど、滑らかに喋ることができていた。

安芸宮がそこにいる。

安芸宮と普通に会話ができている。

その事実がただただ嬉しい。

だけどそれはまだ……あの事件が起こる前だからだ。

「……」

「藤ヶ谷くん？」

「あ、や、何でもない」

「……？」

安芸宮が不思議そうに首を傾ける。

あの事件が起きたのは夏休みの前日……今から三週間後だ。

つまりはまだ、決定的な決裂は起きていない状態。

ここから安芸宮と過ごす最後の幸せな期間を経て、人生の岐路とも言うべきあの事件へと向かっていく。

……そうだ。

まだあの事件は起きていない。

だったらもしかしてまだ今なら……

「……そろそろ教室に戻ろう。遅刻になる」

「あ、うん、そうだね」

小さくうなずき返してきた安芸宮と二人で、教室へと戻った。

その夜……安芸宮羽純と再会することができた夜に、考えたことがあった。

今の状況がいつまで続くのかはわからない。

一年かもしれないし、五年かもしれないし、あるいはある時に突然何の前触れもなく終わりを迎えてしまうのかもしれない。

だけど……何であれ、これはチャンスだと思った。

思い出したくもない黒歴史だった一度目の中学時代を、それ以降の人生を……取り戻すことができるまたとない機会。

もう一度安芸宮と会えたということは、きっとそういうことだ。

一度目の自分は、陰キャで、コミュ障で、友だちもほとんどいなかった。

周囲と積極的に関わることができず、周りが何を考えているのかわかろうともせず、ただ流されるままに日々を過ごすだけだった。

その怠惰が……きっとあの結果を引き起こした。

それはある意味必然だったのかもしれない。

でも、だったら、その道筋を変えればいいんじゃないか？

過程が変われば、結果も変わる。

あの事件に至るまでのこの二度目の夏を変えることができれば、最悪だった過去を変えることもできるのではないだろうか。……いや、できるはずだ。

じゃあそのためには具体的にどうすればいいのか。

出てきた結論は一つだった。

「俺自身が……変わるんだ」

見た目を整えて、コミュ障だったキャラを返上して、きちんと周りと向き合う。

周囲とのつながりを作り、青春を取り戻して、真っ当な学校生活を送る。

ただそれだけのことだ。

それだけのことで、きっと過程は大きく変わる。

あの時はたったそれだけのことが、何よりも難しく思えた。

絶対に叶わない夢物語のように感じられた。

だけど今は違う。

二十五歳になるまでに得たプラス十年分の人生と、見た目やコミュニケーションについては、腐っても芸能界で生きていた身として得られた知識と経験がある。

それらを活かせば……きっと過去は変わるはずだ。

「……」

そう。

初恋の相手だった安芸宮に告白をして振られ、そしてあの事件が起き……安芸宮が行方不明になってしまう、その最悪の結末が。

＊＊＊

「ん、どしたの、コンテスト前のテンパったワンちゃんみたいな顔して？」

決意が顔に出てしまっていたのか、隣を歩いていた佐伯さんが目をぱちぱちさせながら覗きこんできた。

「え？　あ、いや、何でも」

「そんな何でもって空気じゃなかったけど……ま、いいや。それより藤ヶ谷、数学の宿題はやってきた？」

「え？　あ、やってないかも」

「やばくない？　山田先生、席順で当てるから、今日当たるよ」

「え、マジか。あの、佐伯さん……」

「えー、どうしよっかなー。見せてあげてもいいけど藤ヶ谷のためにならないしなー」

「そこを何とか……」

「って、まあいいよ。ガリガリ君一本で手を打とう」

「う、わかった……」

「あはは、ガリガリ君げっとー！」

佐伯さんの明るい声が心に染みる。

大丈夫、やれるはずだ。

俺の決意を後押ししてくれるかのように、夏の日差しはいっそう強さを増していくのだった。

2

教室に入ると、クラスメイトたちが何人か挨拶をしてきてくれた。

手を上げるだけの軽いものから、背中を叩いてくるような親しげなものまで、様々。

これもまた初めての経験。

(いいな、こういうの)

それらに佐伯さんといっしょに答えながら、自分の机へと向かう。

そんなかけ声を上げながら、佐伯さんが椅子に腰を下ろす。

「ふう、よっこらせっと」

ちなみに佐伯さんは隣の席だ。

彼女が席に着くなり、仲の良い女子たちが集まってきた。

「おはよー、千紘」

「昨日の夜送ったメッセージ見た？　あの動画おもしろかったっしょ」

「あ、藤ヶ谷くんといっしょに来たんだ？　いいなー」

一度目でもそうだったけれど、明るくて人なつこい彼女の周りは、いつもたくさんの友だちで賑わっている。

まるでそこだけ背景がワントーン明るくなっているかのようだ。

楽しげに話す佐伯さんたちの声を聞きながら一限の準備をしていると、やがて始業ギリギリになって安芸宮が飛びこむように教室に入ってきた。

(安芸宮……)

そのまま静かにドアを閉めると、真っ直ぐに教卓へと向かい。手にしていた向日葵を花瓶に生ける。

そう、だれに言われるでもなく、安芸宮は毎朝教卓の花を替えていた。

「おはよう、安芸宮さん」

「あ、うん、おはよう」

「今日もぎりぎりだねー。また花壇の手入れ？」

「毎日えらいよねー、ご苦労さま」

「向日葵、五本もあるんだ？　うわ、すっごい鮮やかな黄色だ」

「ふふ、ありがとう。今日の子たちは一際美人さんだから、うれしいな」

「うん、ほんとにきれー」

「んー、でもお花が美人って、安芸宮さん時々面白いこと言うよね」

「え、そ、そうかな……？」

「そうだよー。でもそういうところも安芸宮さんらしいっていうか」

「うんうん、ちょっと不思議系な美人って感じ？」

「あたしは好きだなー」

「あはは……」

そんな風に、クラスメイトたちとにこやかに会話を交わしながら自分の席へと向かう。

俺も何か声をかけようかとも思ったけれど、直後に担任が入ってきてすぐにホームルームが始まってしまったため、諦めた。

一時間目は英語だった。

「ここの〝to〟は名詞的用法の不定詞であるため、ここでは主語となって……」

適当に教科書をめくりながら、教師の話を上の空に耳に流していく。

英語はそこまで得意ではなかったけれど、さすがに中二程度の内容だったら流し聞きでも十分だった。

ふと視線を窓際に送ると、安芸宮の横顔が目に入った。

黒板にまっすぐ目を向けて、しっかりとノートを取っている。

色素の薄いきれいな髪が、窓からの日光を受けてまるで粒子でもまとっているかのようにキラキラと輝いていた。

そういえば……と思い出す。

一度目の時も、こうして授業中によく安芸宮のことを眺めていた。

窓の外の景色を見るふりをしながら、隙を見ては安芸宮の横顔を覗き見していたのだ。

今から考えればその行為は色々とどうかと思うけれど、それは俺にとって学校にいる間での最も幸せな時間の一つだった。居心地の悪い日常から脱却することができる束の間の休息で……

「……？」

と、そこでふいに安芸宮がこっちを見た。

「！」

当たり前だがまだ俺は安芸宮のことを見続けていたため、目が合ってしまう。

「……っ……」

思わず逸らしてしまった。

ほとんど条件反射的なリアクション。

いや我ながらこれはないだろう……

あまりにも挙動不審すぎる。

おそるおそる顔を上げて、もう一度チラリと確認をすると、安芸宮はまだこっちを見ていた。

彼女は意外なものを見つけてしまったかのような表情を浮かべていたが、やがて小さく笑って、ひらひらと手を振ってきてくれる。

顔が熱くなるのを感じながら、何とかそれにリアクションを返した。

（うう、何だこれ……）

まるで中学生みたいだと思った。

女子のことを必要以上に意識してしまう、思春期まっただ中の十四歳。

いや、それはその通りなのかもしれない。

安芸宮の前では……今でも自分は、ただのヘタレで不器用な、中学生男子のままなのだ、きっと。


昼休みになった。

「ねえねえ藤ヶ谷、いっしょにご飯食べようぜー！」

と、教師が教室を出ていくなり佐伯さんがそんなことを言ってきた。

「あ、ええと」

「ほらー、なんか藤ヶ谷、いっつも昼休みになるとどっか行っちゃっていないじゃん。隣の席のよしみなんだし、たまにはどうかと思ってさ」

急な誘いだった。

安芸宮はどうしているだろうと窓際の席に視線を向けるも、すでに教室にその姿はなかった。そうか、確か今日は花壇のことで先生と話があると言っていたから、職員室にでも行っているんだろう。

一瞬こっちを断って追いかけようとも考えたが、すぐに思い直した。

安芸宮には放課後も会える。

いくら安芸宮のことが気になるとはいえ、常にその後を追いかけてばかりいるのは、色々と逆効果な場合もある。

　意中の相手ほど追いかけてばかりではダメなのは男女関係の鉄則だということを、一度目の人生でよーく学んでいた。

　それにこうやってクラスメイトたちときちんとコミュニケーションを取ることも、この二度目の夏をうまくやり通すためには大切なことのはずだ。

　なので。

「ん、了解。じゃあいっしょさせてもらえれば」

「ほんと？　やった！　おーい、藤ヶ谷、いいってさー！」

「え？」

　と、満面の笑みを浮かべた佐伯さんが教室の反対側に向かって手を振る。

「こうやってお昼いっしょするのはじめてだね。よろー」

「藤ヶ谷くんと一回ちゃんと絡んでみたかったんだよねー」

「あ、ねえ、ここ座っていい？」

　たちまち何人もの女子たちが集まってきた。

　てっきり佐伯さんと二人で食べるのかと思っていたが、どうもそうではないらしい。

　でもそれもそうか。

　一度目の時も彼女はよくたくさんのクラスメイトたちといっしょに昼飯を食べていたような

気がするし、陽キャは複数人で昼食をとるのが当たり前なのだ、たぶん。

「それじゃ食べよ食べよ。いただきまーす！」

「わ、千紘早いって。まだあたし、お弁当箱も出してないのに」

「え、そう？」

「そうだよ。藤ヶ谷くんだってまだパンの袋すら開けてないじゃん」

「あー、うん」

「そういえば藤ヶ谷くんって、いつもお昼はパンなの？」

と、佐伯さんの友だちの一人——立花さんだったと思う——がそう尋ねてきた。

「ん、そうかな。親が共働きで忙しいから」

「えー、そうなんだ。でも毎日パンだと飽きない？　……あ、じゃ、じゃあさ」

「？」

「えっと……今度私、お弁当作ってきてあげようか？」

「え？　いやそれはさすがに悪いって」

「大丈夫、別に一人分も二人分も大して手間は変わんないから。……あ、もちろん藤ヶ谷くんがよかったらだけど」

「あー、じゃあもし機会があったらお願いできれば」

「！　おっけ！　楽しみにしててね」

どうしてかものすごく嬉しげにそう声を弾ませる。

「あ、千紘のその卵焼き、おいしそう」

と、今度は別の友だち——井上さんだったと思う——が佐伯さんにそう言った。

「よかったら一個あげよっか？」

「ちょうだいちょうだい。千紘のおかず、味付けが絶妙だから好きなんだよねー」

「はい、どうぞ。あ、藤ヶ谷もどう？」

「え、俺？」

「うん、育ち盛りなんだからパンだけじゃ足りないでしょ？」

「それは……あ、じゃあありがたくもらおうかな」

「どうぞどうぞ」

差し出された卵焼きをパンに挟んでもらい、そのまま口にする。

いい色合いに調理された卵焼きは、甘めの味付けで好みだった。

「え、なになに、みんなでメシ食ってんの？」

「おれたちもまぜろって」

「藤ヶ谷一人だけハーレムなんてずるいだろー」

それを見ていた男子たちも、次々と集まってくる。

あっという間に、辺りには人だかりができあがってしまっていた。

「あ、藤ヶ谷の焼きそばパン、いいな。いつも売り切れで買えないんだよ」

「だよねー、すっごい人気でさー」

「よかったら一個分けようか？　他のもあるから」

「え、マジで？　サンキュー！」

「ありがとー！　じゃあお返しにおにぎりあげる。具はシシャモがまるまる一匹！」

「いやそんな微妙なのもらっても藤ヶ谷も困るだろ……」

「えー、おいしいのに」

「それはおまえだけだって」

　巻き起こる笑い声。

　不思議な気分だった。

　あの時はただ教室の隅から見ているだけだったその光景の中に、今は自分がいる。

　それは何だか物語の中に自分が入りこんでしまったかのような、そんな感覚だった。

（こんな学校生活もあり得たのか……）

　賑やかなクラスメイトたちの声に包まれながら、しばしの間一度目にはなかった空気に浸る。

　と、そこでふと思い出した。

（あれ、そういえばこの時って、何か起こらなかったっけか……？）

　記憶の隅で何かが引っかかった。

自分が置かれている立場こそ違えど、この昼休みの光景には覚えがあるというか……

佐伯さんを中心として盛り上がっていた昼休み。

教室の中心で繰り広げられる一軍たちのパーティータイムが、途中まではこの上なく楽しげで当時は少なからず煩わしく思いながら、机に突っ伏して寝たフリをしながら横目で見ていたのを覚えている。

だけど、確かそこで、ちょっとした事件が起こったような……

「なあなあ、その卵焼き、おれにもくれない？」

と、男子生徒の一人が佐伯さんにそう言った。

「あー、だめだめ。残り一個しかないし、もうおしまい」

「んなこと言わないでさー、頼むって」

「だからだめだって……あ、こら、ちょっと——」

男子が半ば強引に佐伯さんの弁当箱に向かって箸を伸ばす。

（あ……）

それを見て、記憶がフラッシュバックするようによみがえった。

そうだ、この後、卵焼きを取って逃げた男子がそのまま勢いあまって教卓にぶつかってしまい、置かれていた花瓶を落としてしまうのだ。

割れた花瓶とこぼれた水。

床に散らばった向日葵の花。

それらを前にして静まり返るクラスメイトたち。

それで一気に空気は盛り下がって、教室はお通夜のようになったのだった。

その時は完全に他人事だったけれど、それでも教室に戻ってきた時にそれを見た安芸宮の悲しげな顔だけは覚えている。

あんな安芸宮の顔は、もう見たくない——

「……っ……」

気がついたら、俺は立ち上がり教卓に向かって走っていた。

その直後に男子の身体が教卓に当たり、花瓶が落下する。記憶通りの光景。それが床に落ちる寸前で……伸ばした手でかろうじて掴むことに成功していた。

「おー、藤ヶ谷！　ナイスキャッチだー！」

佐伯さんが拍手をしながら声を上げる。

「え、なになに今の！」

「タイミング、神じゃなかった？」

「藤ヶ谷くんすごい！　なんか特撮のヒーローみたいだった！」

他のクラスメイトたちからも歓声が上がる。

ちなみにだけれど、俺は一度目の時にちょっとした経緯から特撮の番組に出演したこともあったため、最後のクラスメイトの言葉は言い得て妙だった。

教卓にぶつかった男子も。

「藤ヶ谷、ほんとサンキュな！　おかげで大事にならないですんだ……！」

両手を顔の前で合わせながらペコペコと謝ってくる。

「いいって。たまたま取れただけだから」

安芸宮の悲しげな顔も、お通夜のような空気も、避けられるのならそうした方がいいに決まっている。

それに。

きっとこういう小さなことの積み重ねが……過去を変えていくような、そんな気がした。

3

「起立……気をつけ……礼。さようなら」

日直が号令とともに、帰りのホームルームの終わりを告げる。

辺りの空気が一瞬にして放課後のそれに変わり、クラスメイトたちが流れるように次々と教室から出て行く。

隣の佐伯さんが、うーんと大きく伸びをした。

「はー、やっと終わった。放課後放課後」

「佐伯さんは部活？」

「うん、そだよ。暑いから大変だけどねー」

「テニス部だっけ？　がんばって」

「うん、ありがとー」

そう笑顔で口にして、佐伯さんは教室を出ていった。

「さて、俺もっと……」

そんな佐伯さんを見送ってから、荷物をカバンに手早くまとめる。

この二度目の夏に戻ってきてからの、俺の放課後の過ごし方は決まっていた。

「藤ヶ谷、またなー」

「明日言ってた漫画、持ってくるから」

「あ、ばいばーい、藤ヶ谷くん」

声をかけてきてくれるクラスメイトたちに挨拶をしながら教室を出ると、まっすぐに校舎裏へと向かう。

昇降口を出て校舎を左に曲がったところで、すぐ見えてくる一面の向日葵の海。

五十メートル先からでもわかる鮮やかな黄色が目にまぶしい。

だけど近づいてよく見てみると、それ以外にも色があることがわかる。

向日葵ほどは目立ってはいないけれど、名前を知らない紫色の花や赤色の花、見慣れたトマトやキュウリなどの、たくさんの花や植物がそこには植えられている。

もちろんこれには理由があった。

『園芸部』

ここはその、活動場所だ。

校内でもその存在を知る者がほとんどいないその部活に、俺は入っていた。

ちなみに部員は他には一人しかいない。

部長である……安芸宮だ。

「あ、藤ヶ谷くん！」

俺の姿を目に留めると、安芸宮は雑草を抜いていた手を止めて身体を起こした。

そのままうれしそうな顔で小走りに駆け寄ってくる。

「今日も来てくれたんだ、ありがとう！」

「それは、いちおう部員だし」

「えー、やっぱりわたしに会いたいんじゃない？」

「あ、え」

「なーんて。でもほんと、別に毎日は来なくてもいいんだよ？　もちろん藤ヶ谷くんが来てくれるのはうれしいけど、大変だと思うし」

「や、それはそうかもだけど」

だけど図らずも彼女が自分で言った通り、俺は毎日安芸宮に会いたいんだ……という言葉は当然飲みこむ。

「別に俺は大変とかは思ってない。その、ここの雰囲気はけっこう好きだし」

「そうなんだ。そう言ってくれるとうれしい。向日葵みたいに素敵！　ありがとね！」

そう太陽のように笑って、ぺこりと頭を下げてくる。

後ろで一つにまとめられていた髪が、重力に従ってするりと下に流れた。

「……それで、今日は何をやればいい？」

「うん、そうだね。雑草を抜くのを手伝ってほしいのと、その後に水まきをするからそれもいっしょにやってほしいかな」

「ん、わかった」

うなずき返して、さっそく作業を開始していく。

とはいえ雑草取りはなかなかに厳しい。

前屈みにならなければいけないので腰に負担がかかるし、遮るもののない屋外では七月の太陽の光が容赦なくジリジリと降り注ぐ。

控えめに言って、なかなかに過酷な環境だ。

安芸宮はこれをほぼ毎日欠かさずやっているというのだから、頭が下がる。

とはいえそんな俺でも何とか作業を続けられているということに、十代の身体は体力があり余っているのだということを思い知らされる。

（酒を飲んでないからか、身体が軽いし……）

もしかしたらそれが一番大きいのかもしれない。

もしも未来に戻ることができたら、酒量は少し減らそうと心に誓った。

やがて三十分ほどが経過し、ほぼ全ての雑草を抜き終わる。その頃には、すっかり汗だくになってしまっていた。

「ありがとう。それじゃあ水をまくね」

安芸宮が蛇口につながれたホースを手にそう言う。

濡れないように待避しようと花壇から一歩出た、その時だった。


「――えいっ♪」


「え？」

最初は何が起きたのかわからなかった。

冷たい感触が顔にかかって、視界が一瞬遮られた。

同時に涼しげな空気が広がって、全身を包んでいた暑さがスッと引いていく。

水をかけられたのだと気づいたのは、前髪から流れ落ちる水滴が頬に触れたからだ。

「あ、安芸宮……？」

「ふふ、だって藤ヶ谷くん、すごく暑そうだったから」

そう言ってぺろりと舌を出す。

そうだった。

こんなに女子らしく清楚そうな外見をしているのに、安芸宮には意外と行動力があるというか、親しくなった相手にはイタズラ好きなところがあったのだ。

とはいえやられたままでいるのはあれなので、きっちりリベンジはすることにする。

「やったな……！」

ホースはもう一本あったので、それを使って安芸宮に向けて水を放った。

「きゃ……っ……」

上がる小さな悲鳴。

だけどもちろんイヤがっているわけじゃないことは、その楽しげな表情から見て取れた。

「くらえっ」

「甘いよ、藤ヶ谷くん……足下が空いてる」

「うわっ、それは反則だって」

「ふふ、決闘には反則なんて言葉は存在しないんだよ」

ホースの水がキラキラと宙を舞い、辺りに小さな虹を作る。

どれくらいそうしていただろう。

やがて疲れてその場に座りこむ頃には、二人とも頭からズブ濡れになっていた。

「はぁ、引き分けかな……」

「だな……」

「ふふ、二人ともびっしょびしょだね。プールにでも飛びこんだみたい」

「それは、安芸宮が子どもみたいに水をかけてきたから……」

「えー、それを言うなら藤ヶ谷くんだって。最後の方はムキになってホースを二本持ちとかしてたよね？」

「う、それは……」

「あはは、二人とも新ジャガイモと同じくらい子どもってことだね」

そう言って笑い合う。

心地よい疲れだった。

全身水に濡れたため少し冷えているのかもしれないけれど、すぐに追いかけてくる暑さがそれを感じさせない。

「……ありがと、ね」

「え？」

と、隣でのんびりと日光浴をしているように見えた安芸宮が、つぶやくように言った。

「えっと、昼休み。花瓶が落ちるの受け止めてくれてた……よね？」

「あ……」

見てたのか。

安芸宮が教室に戻ってきたのはあの騒ぎの少し後だったから、てっきり気づいてはいないと思っていたんだけれど……

「おかげで向日葵が無事だったよ。へへ、うれしかったんだ。なんだか藤ヶ谷くんが守ってくれたみたいで。花はみんな大切で、子どもみたいなものだから」

「いや、そんな大げさなことじゃ……」

「いーの。わたしが勝手にそう思ってるだけなんだから」

そう言って再び笑いながら太陽の方に身体を向ける。

その笑顔は隣で咲き誇る向日葵に負けないほど魅力的なもので……今さらだけど、あの時にあの選択ができて本当によかったと思った。

少しだけ満ち足りた心地で、気持ちよさそうに日光浴をする安芸宮の方に目をやっていて。

「……って、あ」

「……？」

気づいてしまった。

さっきまでは安芸宮との会話に意識がいっていて、目に入っていなかったこと。

……言っておくと、これは決してワザとじゃない。

……そうしようと思って、やったことじゃない。

ただ俺同様に全身くまなく濡れたことによって……安芸宮の、その、白いシャツの一部が透けてしまっていた。

「……っ……」

遅れて彼女も気づいたのか、慌てたように胸元を両手で覆い隠した。

「わ、悪い！　そういうつもりじゃなかったんだ……！」

「……」

「その、つい夢中になって、気づかなくて……」

「だ、だいじょうぶ……」

「え……？」

「わ、わかってる。藤ケ谷くんはそんな人じゃないし。それに気にしないで。この暑さなら、すぐ乾くと思うから……」

「あ、ああ……」

「……」

「……」

そのまま、どちらともなく黙りこんでしまう。

降り注ぐ強い日差しの中、アブラゼミの鳴き声だけがエンドレスに響く。

向日葵の大輪の花が風を受けてゆらゆらと揺れている。

だけどそれは、決して気まずいものじゃなかった。

二人だけで何か秘密を共有するような、どこか親密な空気がそこにはあった。

「……」

この一週間、二度目の夏を過ごしてみて、改めて思う。

安芸宮といっしょにいるのはやはり楽しい。

ただその空間を共有するだけで、同じ景色を見ているだけで、胸の奥が温かな気持ちになってくる。

やはり俺はどうしようもなく安芸宮のことが好きだったのだと、思い知らされた。

「……」

そして、安芸宮も……少なくとも、俺に対して悪い感情は持っていないと思う。

あの頃の俺はそれすらもよくわかっていなかったけれど、あれから十年以上の時間を経て男女の関係をある程度経験してきた今ならそれくらいはわかる。決してマイナスの評価はされていないはずだ。

だからこそ……と思う。

どうして彼女はあんなことをしたのか。

百歩譲って、告白がうまくいかなかったのは、まだいい。

それは感情の問題でもあるし、男女の機微なんてものはそれこそタイミング次第なところもある。

（だけど……）

その後の安芸宮の行動と、そのままそれについて何も言わずに俺の前から姿を消してしまったことだけは……どうしても今でも受け入れることができなかった。

「藤ケ谷くん？」

「え？」

と、安芸宮の声で我に返った。

「どうしたの？　なんだかぼーっとしてたみたいだけど」

「あ、や、何でもない。暑いからかも……」

「え、だいじょうぶ？　熱中症とかじゃないの!?」

「いやそういうのではなくて……」

心配そうな視線を向けてくる安芸宮。

この安芸宮が、ほんの二週間後には俺の心を残酷にまで傷つける行為をするというのが……

どうしても信じられない。

だってその表情は、本当にこっちのことを心から案じてくれているものだったから。

「あー、えっと、続きやろうか」

「え？　あ、うん、そうだね」

話を変えるようにそう口にして。

何かを振り払うように、俺は立ち上がったのだった。

4

一連の作業を終える頃には、太陽はすっかり西に傾いて、辺りをオレンジ色に照らしていた。

校庭では運動部がまだ活動をしているものの、周囲にはもうほとんど生徒の姿は見当たらない。

「今日は手伝ってくれてありがとう！　おかげでだいぶ作業がはかどったよ」

スコップを片付けながら、安芸宮（あきみや）が笑顔でそう言った。

「そっか。力になれたならよかった」

「うん、すごく助かっちゃった！　あ、でもその分、辱（はずかし）められちゃったけど……」

胸元を隠す仕草をしながらそう上目遣いで見上げてくる。

「う、それは本当に……」

「もうわたし、お嫁に行けないかもしれない……砂漠のサボテンみたいにずっと独りなんだ……藤ヶ谷くんには責任とってもらわないと。なーんて」

イタズラっぽく笑って、そう口にする。

安芸宮は教室では基本的には落ち着いた優等生なキャラで、明るく人当たりはいいもののあまりはしゃいだり冗談を言ってみせることはない。

二度目の今だから感じることができるのだけれど、彼女はクラスメイトたちに対して一定の線引きというか、そういうものをしているような気がする。それがどうしてかはわからないけれど……

ただだからこそ、こういった無邪気だったり気を許したような表情はここでしか見られないもので、それを見ることができるだけでもこの場所に毎日通う価値があるような気がした。

「じゃあ帰ろっか？　あ、わたし、自転車取ってくるね」

そう言って自転車置き場へと走っていく。

安芸宮は自転車通学だった。

うちの中学では、家が遠い生徒は申請をすれば自転車を使うことが認められていたのだ。

「ん、お待たせ」

きれいに手入れされた白い自転車を押して、安芸宮はすぐに戻ってきた。

そのまま隣に並んで、歩き出す。

安芸宮とは家の方向が途中までは同じだったため、いつもこうしていっしょに帰っていた。

日が暮れかけて、他の生徒たちの姿がほとんどなくなった通学路。

真っ直ぐに開けた一本道で、視界の端には校舎裏の向日葵畑がわずかに見える。

(向日葵、か……)

そういえばいつかの一度目の時に、こうして二人で下校をしていて、安芸宮から訊かれたことがあった。

『ねえ……藤ヶ谷くん、向日葵の花言葉って知ってる?』

『え? いや、知らないかも』

『そっか……』

『? それがどうかしたの?』

『……』

『安芸宮……?』

『……ううん、なんでもないの。気にしないで』

確かそう言って安芸宮は笑っていた。

その笑顔が、いつになく少しだけさみしそうだったことが印象に残っている。

向日葵の花言葉については気になりはしたけれど、結局調べることはなかった。

だってその直後にあの事件が起こり……それどころではなくなってしまったから。

それから二十五歳になるまで、やはり安芸宮を思い起こさせるそれについては触れることなく過ごしてきた。

向日葵の花言葉。

それはいったいどんなものなのだろう。

今になって、少しだけ気になった。

「あのさ、安芸宮……」

少しためらいつつも、話題を振ってみようとして。


「……あっ……！」

と、そこで安芸宮が大きく声を上げた。

「？　どうした？」

「……」

「安芸宮？」

「……」

口元に手を当てながら、めったに見ないほど真剣な表情をしている。

その様子から、何か深刻なことでもあったのかと不安になる。

だけど……

「……そうだ、あれがあったんだよ！　向日葵（ひまわり）の種みたいにたくさん色々なことがあったからすっかり忘れてた。わたしとしたことが不覚だったかも……！」

「？」

「あー、でもあれってもう明後日（あさって）だよね！　今からでだいじょうぶかな？　予定空いてなかったりとか……」

「⁇」

何を言っているのかさっぱりわからない。

あれとは……？

「……ま、いいや。とにかく訊（き）いてみないとだもんね。当たって砕けてスイセンとニラを間違えて食べちゃう巻き込み事故だ！」

何やら物騒なことを口にしていたのは置いておいて。

そのまま安芸宮（あきみや）はくるりとこっちを向くと。

「ねえねえ、藤ヶ谷（ふじがや）くん。今週の日曜日って空いてる？」

真（ま）っ直（す）ぐにこっちを見上げて、そう尋ねた。

「日曜日？　ああ、大丈夫だと思うけど……」

「そっか！　だったらさ、いっしょに行かない？」

目を輝かせながらそう言ってくる。

ん……なんかこの流れは覚えがあるぞ。

そういえば一度目にもこんなことがあったような気がする。

神妙な顔をした安芸宮が何を言い出すのか身構えた俺に、確か彼女が言った言葉は……

「行くって、どこに？」

そう尋ね返した俺に。

すると安芸宮は楽しそうににんまりと笑って。

これ以上ないくらいにうれしそうな声音で、こう言ったのだった。


「――夏祭り！」

第三話

夏祭りと彼女

1

神社の境内はたくさんの人で賑わっていた。

金魚すくいや射的、焼きソバや焼き鳥、綿菓子やリンゴ飴などの様々な屋台が軒を連ねる中で、それこそひしめくほどの数の人たちが楽しげな表情で歩いている。

普段とは違う、特別な晴れの日の空気。

そんなどこか浮かれた雰囲気の中……俺は神社の入り口付近で安芸宮が来るのを待っていた。

「……」

これ自体は一度目もあったことだ。

学校の帰りに同じように安芸宮に誘われて、こうして夏祭りにやって来るのは。

だけど何だか落ち着かない。

ソワソワとして、何度も時計で時間を確認してしまう。

これにはそれなりに理由があって……

その時だった。

「――ごめんね、待った！」

「！」

そんな声が雑踏の中から響いた。

視線を向けると、そこに立っていたのは……

「浴衣着るのに少し時間がかかっちゃって！　あれれ、待ち合わせって七時でよかったよね？」

「……」

「藤ヶ谷くん？」

「……あ、いや、俺が早く来すぎただけだから」

「そうなの？　あ、わかった、お祭りが楽しみで楽しみで待ちきれなかったんでしょ？　ふふ、藤ヶ谷くんって意外とマメアサガオみたいにかわいいところあるなぁ」

浴衣の袖を口元に当てながらころころと笑う。

もちろんそれもないとは言えない。

夏祭り自体そんなものはほとんど十年ぶりだし、楽しみじゃなかったと言えばウソになる。

だけどそれよりも何よりも一度目と同じように俺の心をわしづかみにしたのは……安芸宮の浴衣姿だった。

かわいらしい向日葵柄がちりばめられた浴衣に、かんざしでまとめられた髪。

髪型のせいなのか、メイクなのか、いつもよりも少し大人っぽく見える。

手に持った金魚柄の小さな巾着袋と、装飾のついた鼻緒もかわいらしい。

この姿を見るのは二度目のはずなのに、それでも思わず見とれてしまうほどキラキラと輝いて見えるというか……

と、そこで俺の視線に気づいたのか。

「ん？　どうしたの？」

「あ、いや」

「あれ、もしかしてどっか変？　浴衣（ゆかた）ってなんか慣れなくて。何回着てもこんな感じでよかったのかわからなくて……」

「や、そうじゃなくて」

「あー、向日葵（ひまわり）、やっぱりちょっと派手だった？　主張しすぎ？　あはは、お祭りだからってやる気出しすぎちゃったかなー。かわいい柄だって思ったんだけど……」

「……」

「藤ヶ谷（ふじがや）くん……？」

さすがにこれ以上返事をしないのは不審に思われてしまう。

俺は意を決して。

「に——似合ってる」

「え？」

「全部似合ってて……かわいいと思う。髪も浴衣も新鮮だし、向日葵もいい感じで、むしろ安芸宮の雰囲気にぴったりというか……」

安芸宮の目を見て、そう言った。

「そ、そうなんだ？」

「あ、ああ……ずっと見てられるっていうか……」

「そ、そっか……な、なんかそんなにストレートに言われたのって初めてだから、うれしいけどちょっと恥ずかしいかも……」

安芸宮が照れたように笑う。

うう、何だこのまんま中学生みたいなやり取りは。

自分でやっていて、顔がこれ以上ないくらいに熱くなってくるのが避けられないというか……。

本当に安芸宮の前では、これまで培ってきた知識や経験などが、跡形もなくどこかに飛んでいってしまう。それがいいことなのか悪いことなのかはともかくとして。

「と、とりあえず行くか。お祭りはもう始まってるし……」

気恥ずかしさを紛らわせるために、安芸宮にそう提案する。

「あ、う、うんっ」

うなずき返してきた安芸宮と並んで。

俺は安芸宮と二人で過ごす、二度目の夏祭りに向かうことになったのだった。

2

夏祭りはこれ以上ないくらい盛況だった。

境内は外から見ていた以上に混雑していて、並んで歩くのにもなかなか難儀する。

「わ、すごい人だねー」

辺りを見回して、安芸宮がそう声を上げた。

「どこを見ても人、人、人ばっかりで、ミントが繁殖して他の植物が駆逐されて侵食された庭みたいだよー」

「……」

そのたとえは、いまいちよくわからなかった。

そういえば一度目の時から安芸宮は時々謎の植物たとえをするな……とそんなことを思いな

がら歩いていると、たくさんの人たちの話し声に紛れて、どこからかお囃子(はやし)のような音も聞こえてきた。確か盆踊りをやっていたはずだから、それだろう。

「わ、見て！　かき氷の屋台がある！」

そんな中、安芸宮(あきみや)が少し先にある『氷』の文字を指さして楽しそうに声を上げた。

「綿菓子も、リンゴ飴(あめ)も！　あ、あっちにあるのはタコ焼きとイカ焼きとお好み焼きだ！」

「全部食べ物……」

「う、そ、それはしょうがないじゃん……屋台で食べようと思って何も食べてこなかったし、すっごくいい匂いがするんだもん」

ちょっと頬をふくらませながら安芸宮(あきみや)がそう見上げてくる。

確かにそれはその通りだった。

さっきから辺りには何かが焼けるいい匂いが漂っていて、自然と食欲が刺激される。

「じゃあひとまず腹ごしらえしようか？　何から食べる？」

「やった！　さすが藤ヶ谷(ふじがや)くん。それじゃリンゴ飴(あめ)から！」

うれしそうにうなずいた安芸宮(あきみや)が、リンゴ飴(あめ)の屋台へと駆け出していく。

「すみませーん、一つくださーい」

「はい、リンゴ飴(あめ)ね。そっちのお兄ちゃんは？」

「俺は……ええと、このミカン飴(あめ)をください」

「ミカン飴だね。はいよ」

それぞれ受け取って屋台から離れる。

人混みが少し途切れたスペースに出るなり、安芸宮は手にしたリンゴ飴にかぶりついた。

「んー、おいしい。この独特の味がたまらないよね。わたし、リンゴ飴って大好きなんだ。これを食べるとお祭りに来たーって気がする」

「あ、それはわかるかも。リンゴ飴って他では食べることはないし」

「だよねだよね？　ふふ、藤ヶ谷くんも同じ意見でうれしいな」

リンゴ飴をリスみたいに口いっぱいにほおばりながら笑う。

本当においしそうに食べるな……

見ているこっちが気持ちよくなってくる食べっぷりだ。

「でも今はリンゴ飴の他に、ミカン飴とかブドウ飴とかもあるんだね。知らなかったよ」

と、俺が手に持ったミカン飴を見て安芸宮が言った。

「うん、俺も初めて見た。けどこれはこれでおいしいかも」

「そうなの？」

「ああ」

「……」

「安芸宮？」

「……えいっ♪」

「！」

ぱくっと。

そんな擬音が聞こえてきそうな動きで、こっちに向かって背伸びをしてきた安芸宮が俺の手にあったミカン飴にかぶりついた。

「ふんふん……ほんとだ、ちょっと冷えてて冷凍ミカンみたい。これもおいしいね」

「……」

「ん、どうしたの、藤ヶ谷くん？」

「あ、い、いや……」

どうしたというか……

「あー、もしかしてわたしが隣からつまみ食いするだけだって思ってる？　だいじょうぶだいじょうぶ、そんな冬虫夏草みたいなひどいことしないよ。ちゃんとお返しにリンゴ飴もおすそ分けするから。はい、どうぞ」

そう言って笑顔でリンゴ飴を差し出してくる。

「え、い、いや……」

「?」

「……」

そういうことじゃないという突っこみを抑えつつ、ミカン飴についた安芸宮が口をつけた跡にどうしても意識がいってしまうのを感じながらも、目の前のリンゴ飴の端を少しだけかじった。

「どうどう、おいしい?」

「ん……リンゴの味がする」

「あはは、それはそうだよ、リンゴ飴なんだもん」

安芸宮がおかしそうに笑う。

甘いけれど、どこか酸っぱさも感じさせる味。

それは何だかとても懐かしい味だった。

「さ、それじゃあリンゴ飴も食べたところで……お祭りはこれからだよ!」

右手を勢いよく上げて、安芸宮がそう元気に口にしたのだった。

そのまま、二人で色々な屋台を回った。

「うんうん、やっぱり屋台の食べ物はおいしいよね。このイカ焼きとか絶品♪」

「それは、わかるんだけど……」

「？」

「これで五つ目の屋台だよな？　さすがに食べ過ぎじゃ……？」

「だって全部おいしいんだもん！　屋台の食べ物ってお祭りパワーで普段の三倍マシでおいしそうに見えるよね。——あ、あそこにタコ焼きがある！　行こう、藤ヶ谷くん！」

「え、まだ食べるの……？」

「それはそうだよ。お祭りの夜に食べたものはお囃子の振動が分解してくれるチートデーだから、実質ゼロカロリーなんだから！」

「……」

それは絶対に違うと思う。

イカ焼きと焼き鳥を両手にしつつタコ焼きの屋台を獲物を狙う目で見ながらそんな謎理論を展開する安芸宮と食べ物の屋台をほぼ全制覇したり。

「うーん、あのサボテンの鉢植えがほしいのに、倒れてくれない……」

「あれは重心がしっかりしてそうだしなあ。もう少し前に出て狙った方がいいんじゃないか？」

「そうだね。あ、じゃあ藤ヶ谷くん、ちょっと腰のところを押さえててくれる？」

「え？」

「だって前屈みになるとうまくバランスがとれなくて」

「わ、わかった……」

「じゃあお願いね。ん、そうそう、そんな感じ。ありがとう。よし、それじゃあ狙いをつけて
……わ、倒れた倒れた！」

「お、やった」

「サボ子、ゲットだ！」

射的で共同作業をしながらお望みの景品を手に入れたり。

「じゃあ、二人でいっせいのせで見るんだよ？」

「わかった」

「はい、いっせいの……せ！　……あーあ、五等の飴ちゃんだ」

「こっちは二等だ。ええと……賞品はこのお祭りで使える商品券三千円分か」

「え、すごいすごい！　藤ケ谷くん、持ってるね！」

「ラッキーだったかも。じゃあこれで二人で豪遊しよう」

「やったー！　藤ケ谷くん、向日葵みたいに素敵！」

くじ引きで獲得した商品券で、ちょっと贅沢をしたりもした。

それはずっと笑いが絶えなくて、とても温かで楽しい時間だった。

「はー、やっぱりお祭りは楽しいね！」

一通り屋台を回り終わって、安芸宮が身体を伸ばしながらそう言った。

「この賑やかな雰囲気っていうか、ざわざわしてちょっと汗ばむみたいな空気が、すっごく夏って感じがする」

「確かにそうかも。夏の薫りってやつかな」

「うん、それそれ」

そう言って笑い合う。

向日葵のような安芸宮の楽しそうな笑顔が、浴衣の柄とマッチしてこの上なく映えていた。

「ふふー、でもサボ子が無事ゲットできてよかった。大切に育てるからねー」

と、射的で取ったサボテンを見て楽しそうに安芸宮が笑みを浮かべた。

「安芸宮は本当に植物が好きなんだな」

「え？　うん、そうかな。花も、多肉植物も、食虫植物も、みんな好きだよ」

「好きになったきっかけとかあるのか？」

「どうだろ？　もともと昔からアサガオとかをお世話するのは好きだったし、気がついたらって感じかな？」

「そっか」

まあ何かを好きになるきっかけなんてそんなものなのかもしれない。

「……………ほんとは、ちゃんとあるんだけどね、きっかけ」

「え？」

「あ、う、ううん、何でもない！　それよりさー」

顔の前で手を振りながらそう再び笑顔を見せる。

何を言っていたのか少しだけ気になったけれど、安芸宮の笑顔を見ているとそれもすぐに頭から消えた。

（やっぱり安芸宮といると楽しいな……）

改めてそう思う。

ヘンに気負わなくていいというか、自然体でいられるというか。

こうして二人で笑っていることがとても当たり前のことのように感じられる。

安芸宮も、学校でいっしょにいる時よりもさらに打ち解けた表情をしてくれているような気がする。

ずっとこんな時間が続いてくれればいいのに……とそう思った、その時だった。

そういう時間帯なのか、入り口の方から大量の人が押し寄せてきた。

瞬間的に、周囲の人の密度が一気に高くなる。

「きゃっ……」

そんな中、安芸宮が人波に飲まれて、危うく流されていきそうになる。

「安芸宮……！」

とっさに手を伸ばす。

安芸宮を見失う前に何とかその手をつかむことができて、引き戻すことに成功した。

「大丈夫か、安芸宮？」

「あ、う、うん、なんとか……」

「すごい人だな……」

俺たちが来た時よりもさらに多くなっているような気がする。

この後には花火も控えているし、まだまだ増えていくかもしれない。

だったら……

「……」

少しだけ迷ったけれど、俺はそのまま……再び安芸宮の右手をぎゅっと握った。

「ふ、藤ヶ谷くん……？」

「あ、いや、これは何ていうか……」

「……」

「人が思ったよりも増えてきたから、はぐれないようにっていうか……」

その言葉にウソはない。

ウソはないのだけれど……

ただ握った手の先から伝わってくる柔らかな温もりからは……間違いなくそれ以外の理由も含まれているように感じられた。

「あ、も、もちろん安芸宮が気が進まないなら無理にとは──」

「そ──そんなことない！」

俺の言葉に、安芸宮が食い気味にそう答えた。

「気が進まないなんてことはぜんぜんないっていうか、む、むしろウェルカムだよ！　なんならわたしから言おうと思ってたくらいだし、だからよろしくお願いしますっていうか……」

「そ、そっか……」

「う、うん……」

小さくこくりとうなずく安芸宮。

そのまま……手をつないで俺たちは歩き出した。

ただ手をつないでいるだけなのに、さっきまでのお祭りの景色がぜんぜん違うものに見えるから不思議だ。

心臓はうるさいくらいにドクンドクン！　と自己主張をしていたけれど、それとは裏腹にどこか落ち着いた心地も感じている。今こうしているのがとても自然な状況のように思えた。

それはきっと、隣にいるのが安芸宮だからなんだと思う。

これは一度目にこうしていっしょに手をつないで歩いた時にも……感じたことだ。

(ん、あれ……?)

と、そこで疑問に思った。

そうだ、ここまでは一度目でも経験したことのはずだ。

確かあの時は安芸宮の方から手をつないできたような気がしたものの(陰キャのキノコみたいな俺に自分から手をつなごうとするような勇気は当たり前のようになかった)、確かにこうして手をつないで歩いたことを覚えている。

だけどどうしてか、それ以降のことがあまり思い出せない。

こんな風に二人で夏祭りに来て、手をつなぐこともできたのなら、良い思い出としてもう少し印象に残っていてもよさそうなものなのに……

その時だった。

「あれ、藤ヶ谷?」

どこからか、声をかけられた。

少しだけソプラノがかった聞き覚えのある声。

声の方に視線をやる。

「そこにいるの、藤ヶ谷じゃない？　そのイケメン面は間違いないでしょー」

「え、藤ヶ谷くん？」

「マジでマジで？」

「どこにいるの？　あ、ほんとだ！」

そこにいたのは……佐伯さんたち、クラスメイトだった。

3

「あ、やっぱそうだ。へー、藤ヶ谷も来てたんだ。あれ、安芸宮さんも？」

俺の隣の安芸宮を見て、佐伯さんがそう声を上げる。

「え、安芸宮さん？」

「あ、ほんとだ。二人で来たの？」

「こういうところで安芸宮さんを見るの、珍しいねー」

そんな風に話しかけてきながらこっちへと近づいてくる。

「わ、安芸宮さんのその浴衣、かわいい！」

「ほんとだ。向日葵、いいよねー」

「うちらこれから色々見てみるつもりだったから、よかったらいっしょに回ろうよ」

「お、それいいな。祭りは賑やかな方が楽しいし」

教室でのものと同じいつもの気安い雰囲気の中。

「ん、んん？　二人とも、手……？」

と、佐伯さんの怪訝な視線が俺たちのつながれた手に注がれる。

（……！）

そこで……思い出した。

そうだ、このシチュエーションは一度目にもあった。

今回と同じように二人で夏祭りに来ていた安芸宮と俺は、今のようにクラスメイトたちと遭遇したのだ。

その時の俺は、何度も言うように陰キャの極みみたいな立ち位置だった。

クラスに馴染めず、友だちもほとんどおらず、教室の隅で毎日を過ごしているような存在。

そんな自分が、コミュ力があり、明るく真面目でやさしくて、クラスでも人気があるような安芸宮と手をつないでいるということに……少なからず引け目を感じたんだと思う。

だから手を離してしまった。

離して、そのまま何もなかったかのように振る舞ってしまった。

そのためそれ以上クラスメイトたちには何か突っこまれることはなかったけれど、代わりに安芸宮との間に何かしこりのようなものが残ったのだ。

そしてそのまま、どこか気まずい雰囲気でその日は別れることになった。

次に会った時には普通に話すことはできたものの……そのせいで何となくこのお祭りに関する話題は禁句のようになってしまった。だから記憶にあまり残っていなかったというか、都合の悪い事実から目を逸らすために無意識のうちに忘れようとしていたのかもしれない。

「……」

あの時はそうするしかなかった。

安芸宮との関係性から逃げて、クラスでの自分の立ち位置を守るしかなかった。

だけど今回は……

「……」

「藤ヶ谷くん……？」

俺は安芸宮の手を強くぎゅっと握り直すと。

「安芸宮、行こう」

「え？」

「悪い、佐伯さん、今日は安芸宮と二人だけで回りたいんだ。詳しいことはまた今度説明するから……！」

「え？　あ、う、うん」

「ホントごめん！」

目をぱちぱちとさせる佐伯さんたちに向かって謝罪の意として片手を上げつつ、俺は走り出した。

しっかりと……安芸宮と手をつないだまま。

「ハア……ハア……」

お祭りの喧噪から少し離れた神社の敷地外まで来て、俺は足を止めた。

だいぶ走ったので、もうクラスメイトたちの目が届かないところまで来られたはずだ。

言っておくと、佐伯さんたちクラスメイトがイヤなわけじゃない。

それどころか、二度目の夏を通して、彼女たちにはむしろ好感を覚えている。

何もなければ……いっしょにお祭りを回りたかったと思う。

だけど今日だけは違った。

今日だけは、今だけは。

安芸宮と二人だけで、この夏祭りの時間を過ごしたかったのだ。

呼吸を整えながらそんなことを思っていると、隣で安芸宮も肩で息をしているのが目に入った。

「あ、わ、悪い！　走らせて……」

あの場から離脱することに夢中だったため、気がつかなかった。

浴衣を着ている分だけ、俺よりも走るのが大変だったはずだ。

だけど安芸宮は首を横に振って言った。

「う、ううん、だいじょうぶ。これくらいなんでもないよ」

「だけど……」

「ほんとに平気。園芸はけっこう力仕事だし、これでも体力はあるんだよ？」

その言葉通り、すでに整いつつある呼吸でにっこりと笑う。

「それに、その……ちょっとだけ、うれしかったんだ」

「え？」

「えっと、藤ヶ谷くんが、ずっと手をつないだままでいてくれて。なんか離したくないなって、そう思ってたから……」

「安芸宮……」

「え、えへへ……」

照れたように笑いながら見上げてくる。

うれしかった。

それを聞けただけでも……彼女の手を離さなくてよかったと、本当に心から思った。

「あ、でももしかしたらクラスのみんなと回りたかったとかは……」

「あー、うん、それはだいじょうぶ、かも。だって……」

「？」

「その……」


「わ、わたしも、今日は藤ヶ谷くんと二人がいいって、そう思っちゃったから……」


「安芸宮(あきみや)……」

その言葉に、思わず瞬(まばた)きをしてしまう。

こんなやり取り、一度目には当然なかった。

何だろう、もう今日これで俺は死ぬんじゃないのか？

屋台の陰から突然イノシシが飛び出してきてはね飛ばされたりとかしても不思議じゃない。

それくらい、まさに人生のボーナストラックと言っていいくらい、今日は幸せなことが目白押しで……

その時だった。

ヒュー……ドン、ドン、ドン……！

「あ……」

そんな乾いた音が辺りに響いた。

続いて頭上で明滅する光と周囲からの歓声。

見上げるとそこには……花火がその大輪の花を咲かせていた。

星に彩(いろど)られた真っ暗な夏の夜空を、色とりどりの光の花が埋め尽くしていく。

「きれい……」

安芸宮(あきみや)が放心したようにそうつぶやいた。

「すごく素敵……空にたくさんの向日葵(ひまわり)が咲いてるみたい……」

それは本当にその通りだった。

空に咲き誇る色鮮やかな光の饗宴(きょうえん)。

それはまるで何かの物語のワンシーンであるかのようで、思わず見とれてしまうくらいに幻想的な光景だった。

「あの絵を見た時も……こんな風に、心が躍ったな……」

「え？」

「……れ……られないよ……あんな……ざやかな……ひま……り……」

「……」

花火の音にかき消されてしまって、最後の方は何を言っているのかよく聞こえない。

と、そこで俺の視線に気づいたのか。

「あ——な、なんでもないの！　ちょっと昔のことを思い出しただけ」

「？　ならいいんだけど」

「き、気にしないで？　ね？」

よくわからなかったけれど、安芸宮としては何となく流してほしそうな様子だったので、それ以上は訊かないことにした。

そのまましばらくの間、二人並んで花火を見上げていた。

時間にしておそらく三十分ほどだったと思うけれど、俺にとってそれは永遠のようにも感じられた。

時折安芸宮はこっちを見ては、どこか照れたような表情で笑いかけてくれた。

その間も、もちろん手は互いに握られたまま。

まるでつながれた手の先で……二人だけの夏を分け合っているかのようだった。

「それじゃあ、また明日、学校で」

「うん、そだね」

花火を最後まで見終わった後。

時間も少し遅いということで、俺は安芸宮を家の前まで送っていった。

「今日は本当に楽しかった。ありがとう、藤ヶ谷くん」

「いや、こっちこそ。お祭りなんてひさしぶりだったから色々と新鮮だった」

「ふふ、それならよかった。あ、わたしの浴衣姿も見られたし、ドキドキだったでしょ？　なーんて」

「ん、それはそうかも」

「ちょ、ちょっとー、そんな真顔で答えないでよ。は、恥ずかしいっていうか……」

「なーんて」

「！　も、もー」

いつもの安芸宮のからかいの言葉を返した後、互いの顔を見て笑い合う。

いつまでもこうしていたかった。

このまま別れてしまうのが本当に名残惜しい。

叶うならこのままずっとこの夏の夢のような時間に浸っていたいと、心からそう思ってしまう。

安芸宮も同じように思ってくれているのか、なかなかその場から動こうとしない。

だけどさすがにずっとこうしているわけにもいかなかった。

「……それじゃあ、そろそろ家に入るね」

「あ、うん」

「本当に本当に楽しかった。最高の一日だった。今日のことは忘れないよ。向日葵(ひまわり)みたいに素敵だった、夏祭りの夜のこと……」

「それは、俺も」

「うん、じゃあ今日のことは……二人だけの宝物だね」

そう言って、安芸宮(あきみや)は小さく笑った。

同じ方向を向いてくれていると思っていた。

安芸宮(あきみや)は少なからず自分と同じ気持ちを持ってこの夏を過ごしてくれていると、そう信じていた。

だから。

最後に、彼女が小さく何かを言っていたことに……俺は気づかなかった。

「——ありがとう。最後に楽しい思い出ができたよ」

4

その夜。

家の洗面所で風呂上がりのスキンケアをやりながら、俺はこれまでのことを色々と考えていた。

二度目の夏は、おおむねうまくいっているように思えた。

陰キャでコミュ障だったキャラを変えることには成功したと思うし、クラスの皆とも向き合うことができている。

ちゃんと青春をすることができている。

何より……安芸宮との関係は、今のところ良好だ。

「……」

手の先には、まださっきまでの安芸宮の感触が残っていた。

柔らかくて、体温が少しだけ伝わってくるかのような感触。

それはまるで熾火のように今でも温度を持っていて……

「ちょっとお兄ちゃん、なににやにやしてんの？　マタンゴみたいで不気味なんだけど……」

と、廊下を通りがかった妹が冷たい目でそう言った。

「ニ、ニヤニヤはしてない……！」

「まあ自覚がないなら別にいいけどさー。あ、その乳液、新しく出たのだよね、どう？」

「ん、いい感じじゃないか。潤いも十分だし、混合肌にも合うし」

「そっか。次、貸して」

「おまえは自分のがあるだろ……」

「こっちも使ってみたいんだもん。いいでしょ、かわいい妹なんだから」

そう言って俺の返事を待たず、乳液のビンを奪う。

まったくイイ性格をしてるな……と思いつつも、未来においては家を出てからまったく交流がなくなってしまっている妹とこうしてまた軽口を叩き合うことができるのは、そう悪くないかなとも感じていた。

「でもお兄ちゃん、ほんっと変わったよねー」

と、朱里がそう言った。

「ほんのちょっと前まではお風呂上がりのお手入れどころか、ボディシャンプーで頭洗おうとしてたくらいだったのに。なんかあったの？」

「……。別に何もない」

「ふーん、好きな子でもできた？」

「……っ……」

思わず手に持っていたナノケア仕様のドライヤーを落としてしまいそうになる。

な、なんでそのことを……？

驚いた心地で妹の顔を見ると、呆れたような反応が返ってきた。

「あー、やっぱそーゆー。わっかりやすいなー。ま、それでちゃんとかっこよくなってくれるならいいことだと思うけど。あ、でもさ」

「……何だよ？」

「油断は禁物だよ？　恋愛絡みのイベントなんて、うまくいってるって思ってる時ほど、予想外のことに足をすくわれるものなんだから」

訳知り顔でそんなことを言ってくる。

ったく、どこでそんなことを覚えてきたのか……

「大丈夫だ。おまえに言われなくてもわかってる」

「それならいいけどー。お兄ちゃん、ネチネチと計画とか立てそうに見えて肝心なところで意外と隙がありそうだからなー」

大きなお世話だった。

あとネチネチはしていない。

「ま、せいぜいがんばりなよ。前までの陰キャのお兄ちゃんよりも今のお兄ちゃんの方がぜんぜんいいと思うし。生温かく見てるから」

こんな言い方だが、妹なりの応援のつもりなのだろう。

なのでその気持ちはありがたく受け取っておくことにする。

だけど。

そんな妹の言葉が直後にまさか現実のものとなろうとは……この時はまったく予想もしていなかったのだった。

5

翌日。

その日もいつものように授業を終えて、放課後は安芸宮(あきみや)と二人で校舎裏で花壇の世話をしていた。

今日は切り戻し作業というものをやるらしい。

切り戻しとは伸びすぎた枝や茎を切り取って株を短くし、植物の姿を整えることを言うのだとか。

何でも高温多湿による蒸れを防ぎ、植物を若返らせる効果があるらしい。

「えっとね、地面から三、四枚目くらいの葉を中心に切り取っていくといい感じかな」

「三、四枚目……この辺り？」

「うん、そう。あ、一つだけ注意点があって、切る前にハサミを消毒するのを忘れないでほしいんだ。そうしないと切ったところから雑菌が入って枯れちゃうこともあるから」

「わかった」

安芸宮（あきみや）の指示を受けて、枝や茎を切り取っていく。

あいかわらず夏の日差しはジリジリと強烈だったけれど、前屈（まえかが）みにならなくていい分だけ雑草を抜くのよりはだいぶ楽だった。

やがて切り戻しが半分ほど終わって、作業が一段落したその時だった。

それは……突然やってきた。

「やーっと見つけた！」

「？」

晴れわたる夏空の下に、そんな声が響き渡った。

どこかで聞いたような、よく通り耳に残る声。

「はー、こんなとこに『園芸部』なんてあったんだね。ぜんぜん知らなかった。あ、でもヒマワリ、ちょーきれいじゃん！　ザ・花！　って感じだよねー。って、それは今はどうでもよくて」

声の元を探してみると、そこにいたのは……

「こんなとこにいたんだ、フジっち。もー、マジで探したんだから。一組の人に訊いてもどこにいるのかだれも知らないんだもん。てことで、会いにきたよー♪」

以前に通学途中に助けた……あの隣のクラスの一軍女子だった。

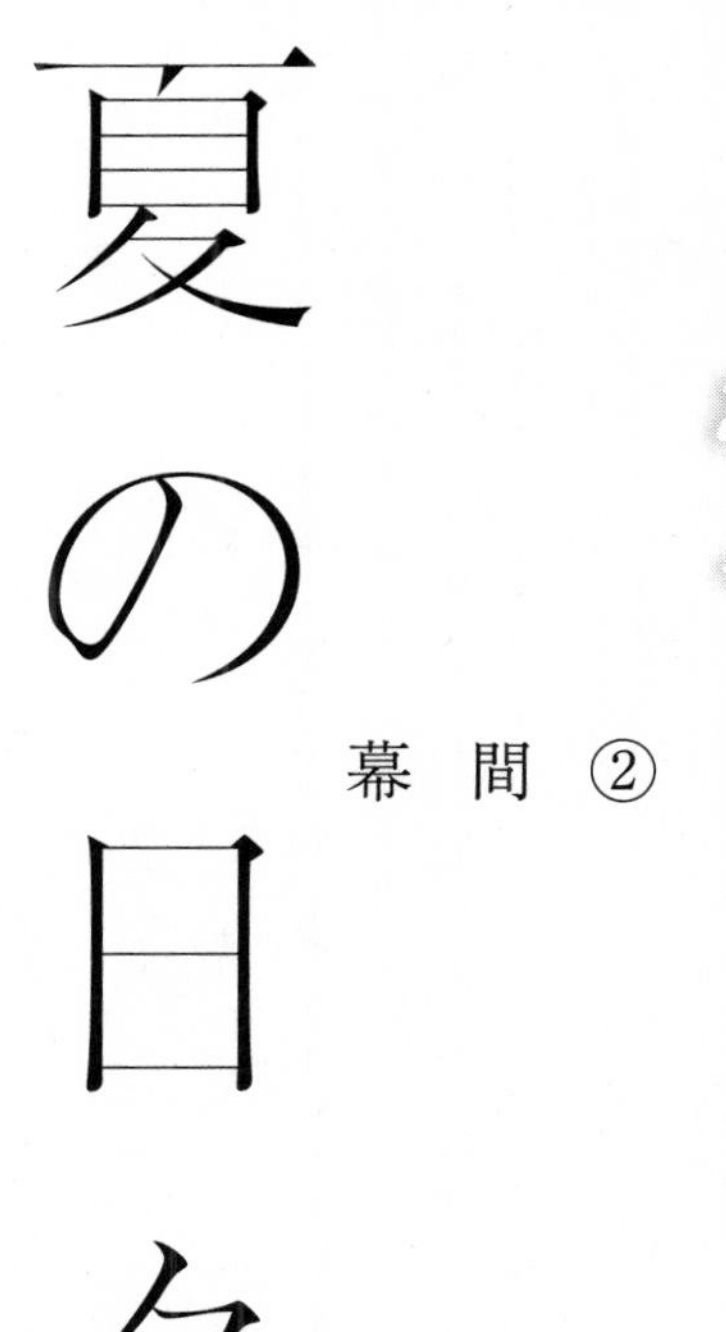

夏の日々

幕間②

気づいたら、中学にいるほとんどの時間は校舎裏で過ごすようになっていた。

それこそ学校に来ているのか、校舎裏に来ているのか、わからなくなるくらい。

安芸宮といっしょにいるのは楽しかった。

クラスは居心地が悪かったし、安芸宮もここでは教室では見せない顔を見せてくれた。

五分休みこそ教室で寝たフリをして過ごしたけれど、昼休みと放課後は必ずこの校舎裏の花壇に来て、安芸宮と話をした。

「藤ヶ谷くんは将来の夢とかある？」

将来の夢についてだれかに話したのも、安芸宮が最初だ。

「夢？」

「そう、なりたいものとか」

「あ……うん」

「え、なになに？」

「ええと、実は……絵を描くのが好きだから、画家とかイラストレーターとかになれたらって……。……って、あ、憧れてるだけだけど」

「……」

「安芸宮……？」

「いいと思う！」

「え？」

「それ、すごくいいと思う！　向日葵みたいに素敵！　藤ヶ谷くんの描く絵、わたし好きだよ」

「そ、そうかな……」

「うん！　……初めて見た時から、ずっと」

「え？　今、何て」

「……あ、う、ううん、なんでもない。とにかくがんばって！　わたし応援するよ！」

「あ……」

そう言ってくれたことが涙が出てしまいそうなほど嬉しかったのは、鮮明に覚えている。

それまではせいぜい小学生の頃に市内のコンクールで金賞をとったことがあるくらいで、漠然となれたらいいなくらいだった夢が、ちゃんと形をもったものに変わった瞬間だったと思う。

それ以外にも、色々な話をした。

その内容は昨日見たテレビの話のような他愛もないものから、植物の話、家族の話、趣味の話、はたまた進路の話まで、様々だった。

「昨日のドラマ、面白かったよね」

「うん！　あ、ヒロインの女の子が親友にずっと隠してた気持ちを伝えるところが印象的だったかも……」

「あ、それ、妹も同じこと言ってた」

「妹さん？」

「うち、一つ下の妹がいるんだ。昨日家族でいっしょに見てて、その時にそう言ってたから」

「そっか、家族の仲、いいんだ……」

「え、普通かな。よくケンカもしてるし……」

「そう、なんだ……」

「……？」

「ねえ藤ヶ谷くん、人類が最初に栽培を始めた植物って、なにか知ってる？」

「え、知らないかも……」

「ひょうたんなんだって。意外だよね。しかも食用のものは食べられるらしいよ」

「そうなんだ」

「どんな味がするか、気にならない？」

「え、もしかして……」

「ふふ、うん。実は今度畑に植えてみようと思ってるの。うまく育てられたら食べようね」

「……」

「それでその時、妹が間違ってワサビ入りの寿司を食べちゃって」

「……」

「涙目になって大変だったんだ。それを見てた父さんと母さんといっしょに大笑いして……」

「安芸宮？」

「……え？　あ、ううん、なんでもない」

「……？」

安芸宮は時々どこか遠くを見るような表情をしていたことがあったけれど、二人で話をしている間は本当に時間を忘れた。

安芸宮と知り合ってからまだ一ヶ月しか経っていなかったけれど、もう軽く一年分の話はしたんじゃないかっていうような気さえする。

本当に濃い一ヶ月だったと思う。

そしてこの一ヶ月で……僕は自分の中にある、安芸宮に対するとある感情に気がついていた。

いっしょにいると胸がドキドキする。

帰り道の別れ際に差しかかると胸が苦しい。

気づけば授業中についつい目で追ってしまう。

これだけそろっていれば……いくらそういうことに鈍感な僕でも自覚できた。

（僕は安芸宮のことが好きなんだ……）

初恋と言ってよかったと思う。

それは幼稚園の頃にいつもいっしょにいた女の子とか、小学生の頃に近所に住んでいた高校生のお姉さんとかに対する淡い思いはあったけれど、こうして明確に自覚をしたのは、たぶんこれが初めてだった。

だけどどうすればいいのかわからなかった。

何かしなくちゃいけないという思いだけはあったものの、そのやり方がわからなかった。

ただ燻るような衝動だけが募っていった。

焦りもあったんだと思う。

安芸宮はクラスでも人気だったし、本来だったら自分のような陰キャとは縁のないような存在だ。

何度か告白されたという噂も聞いたことがある。

だから。

（夏休みに入る前に、安芸宮に……）

告白しよう。

そう……密かに心に決めた。

だけど告白といっても、面と向かって気持ちを伝えられる自信はまったくといっていいほどなかった。

きっとその時がきてもいざ安芸宮を前にしたら、混乱して、頭の中が真っ白になって、何も言えなくなって逃げるしかなくなるに決まっている。いつだったか、隣のクラスの一軍女子から逃げたように。

だから考えた。

絶対に、失敗したくなかった。

この気持ちをきちんと伝えるためにはどうしたらいいのか。

考えに考え抜いた末、出した結論は……

——手紙と、絵。

そう。

直接伝えるのは無理でも、文字と絵ならば、自分の中にある思いを伝えることができる。

伝えさえすれば……安芸宮(あきみや)は絶対に僕の気持ちに応えてくれる。
そう信じて、疑わなかった。

茅ケ崎
美羽

第四話

1

……どうしてこうなったのだろう。

目の前の光景を前にしても、俺にはまったくわからなかった。

「こっちの紫色なのは桔梗。あっちの少し青いのはアガパンサス。ここに生えてるのはドクダミ」

「ふんふん」

「ドクダミはよく雑草扱いされるけど、花が小さくてかわいいし、薬草としてもすごく優秀なんだよ？」

「へー、そなんだ。花なんて全部いっしょだと思ってた」

「そんなことはないかな。みんなそれぞれ個性があって、それぞれかわいい子たちだから」

「ふーん、ちょっと興味出てきたかも」

花壇の前で楽しげに話をしているのは二人の女子。

一人は当然安芸宮であるけれど……問題なのはもう一人。

安芸宮の説明を聞きながらふんふんとうなずいているのは、あのタイムリープ初日に出会った隣のクラスの一軍女子——茅ヶ崎美羽だった。

「ねえねえ、アキっち、これはなんての？」

「これはナズナかな。春の七草の一つで、今の時期でもギリギリ花を咲かせるの。ペンペン草って聞いたことない？」

「お、あるある。これってそれなんだ」

「うん。食べてもおいしいから、人気の野草なんだよ。よかったら少し持って帰る？」

「いいん？　もらうもらう！」

完全にこの場に溶けこんでいる。

まるで百年前からここにいたかのようだ。

そもそも初対面での対応の仕方からコミュ力が高いだろうことは予想はついていたものの、だけどまさかこの短時間で安芸宮相手にもこんなに打ち解けようとは、まったくもって予想外だった。

「ほらほら、フジっちもこっち来なよ！　おもしろいから、いっしょにアキっちの解説を聞こうってば」

「フジっち……」

「ん？　なにヘンな顔してんの？　お腹でも痛い？　おーい、フジっち」

「……」

「聞こえてる、フジっちー？」

「……」

俺のこともいつの間にやらフジっち呼ばわりだ。

頭が痛い。

どうしてこんなことになっているのかというと、三十分ほど時間を遡る——

「——いたいた、フジっち！」

一軍女子——茅ヶ崎美羽は俺の顔を見るなり、ずんずんと歩いてきた。

目の前までやって来ると、その大きな瞳を近づけてじいっとこっちの顔を見つめてくる。

「えっと……」

いったい……何の用だろうか。

とりあえず心当たりはない。一度目と違って、嫌われるようなことはしていないはずだし。

首をひねる俺に、茅ヶ崎美羽はおもむろにこう言った。

「あのさ、この一週間、ずーっと気になってたんだよね」

「え？」

「ほら、前にキミに助けてもらってから、なーんかキミのことが気になるっていうか。すっごい落ち着いてたし、あんな風に靴をぱぱっと手早く直してくれたのとかマジすごいって思ったし。それ以来キミが夢にも出てきたりするんだよねー。こんなの初めてでさー」

「はあ……」

いまいち何が言いたいのか要領を得ない。

あの時のお礼を言いにきた……ってわけでもなさそうだ。

彼女の真意をはかりかねていると、茅ヶ崎美羽はさらに続けた。

「あー、だからね。なにが言いたいかって、それでずっともやもやしてて、この一週間考えてたの。これっていったいなんなんって」

「……」

「ほら、自分のことなのにわかんないのってなんかイヤじゃん？　で、いくつか可能性を考えてみたんだけど……ふとぴーんときちゃったんだよね。あ、もしかしてこれなのかなって」

そこで茅ヶ崎美羽はネイルが装飾された人差し指を立てると。

「――これって、コイじゃね？　って」

「……」

一瞬、何を言われたのかわからなかった。

鯉……ではないだろう。

故意、でもないはずだ。

だとしたら……今、恋って言った……？

隣では、安芸宮も目を丸くしながらぽかんとした表情を浮かべている。

「なんかの雑誌に書いてあったのを見たんだけど、その相手のことがすっごい気になって、気づいたらその相手のことばっか考えるようになったりするのが恋なんだってさ。だからたぶんこれってそうなんじゃない？　知らんけど」

「って、そんな他人事みたいな……」

「え、だってわかんないんだからしょうがないじゃん。あたしまだそうゆうの経験したことないから。でもさ、このもやもやがなんなのかわかんないままなのは気持ち悪いから、だったら確かめてみようって決めたんだよね」

「それって……」

イヤな予感がした。

何となくだが、次に続く言葉が想像できた。

そして世の中においては実現してほしくない予感ほど、よく当たるものなのである。

その予想通り。

「――というわけで、これがなんなのか確かめるために、今日からあたしも『園芸部』に入部させてもらうから！　よろしくね、アキっち、フジっち！」

これ以上ないくらい明るい口調で、そう宣言したのだった。

――そして、今の状況に至るのである。

うん、振り返ってみても、やっぱりよくわからない。

こんな展開、一度目には欠片もなかった。

『園芸部』は最後まで安芸宮と俺の二人だけだったし、茅ヶ崎美羽には嫌われてはいたけれど、それも廊下などですれ違った際に睨まれるとか舌打ちをされるくらいで、こんな校舎裏まで追いかけてくるようなことは皆無だった。

まるで覚えのない展開。

もう一度目と二度目は、まったく別の夏になってしまっているのかもしれない。

ただ、変化自体は望ましいことだった。

一度目と同じ結果とならないようにするためには、できるだけ一度目とは過程が異なる方が可能性が高くなるはずだ。

だからこれ自体は良い兆候なのだと……思いたい。

「お、だいじょうぶ、フジっち？　お腹痛いんじゃないん？」

「そういうのじゃないから大丈夫だ。それより茅ヶ崎さん――」

名前を呼びかけて。

「あ、ストップストップ」

「？」

「茅ヶ崎さんって、それじゃなんか他人みたいじゃん？　あたしのことは美羽でいいよ。みんなそう呼んでるし」

「いや他人なんだけど……」

一分の隙もないほど完膚なきまでに他人だ。

「えー、お互い自己紹介して、おんなじ部活に入ったら、それはもうズッ友でしょ。キズナが結ばれたって感じ？」

何を言っているのかぜんぜんわからない。

陽キャはそういう思考をするものなのだろうか。

「だからあたしのことは美羽って呼ぶこと。それ以外じゃ返事しないから。ね、アキっちも」

「え、わ、わたしも……？」

「うん」

急に話を振られた安芸宮は戸惑ったような笑みを浮かべつつも。

「え、えっと……」

「……」

「美羽、さん……？」

「えー、まだ硬いなー。さん付けって、おない歳なんだから」

「え、で、でもなー……」

「……じー……」

「じゃ、じゃあ……美羽、ちゃん……？」

「ん、それならよし。合格♪」

繰り返すが、変化自体はいいことのはずだ。

……まあ、その変化があまりにも予想外だったことを除けば、だけど。

2

「え、そんなことがあったの……？」

翌日。

『園芸部』であったことを佐伯さんに話したところ、返ってきたのはそんな反応だった。

「茅ヶ崎さんって、あの茅ヶ崎さんだよね？　隣のクラスで、読モやってるっていう……」

さすがに茅ヶ崎美羽の名前は、うちのクラスでも普通に知られているみたいだった。

「ああ、その茅ヶ崎さんで間違ってないと思う」

「その茅ヶ崎さんが『園芸部』に入部……？　それも藤ヶ谷のことが気になるから……？　待って、ちょっと情報が渋滞してて追いついてこない」

こめかみを押さえながらうーんとうなる。

「えっと、そもそも藤ヶ谷が安芸宮さんとお祭りで手をつないでたり、いっしょに『園芸部』の活動をしてたのもびっくりだけど……さらに輪をかけて、茅ヶ崎さんが入部ってどういうこと？　意味わかんないんだけど」

「それは俺も同じというか……」

どうしてこんな混沌とした状況になっているのか、さっぱりわからない。

二度目の夏も後半に差しかかり、いよいよあの事件に向けて本格的に向き合っていこうとしていたところだったのに、完全に出鼻をくじかれてしまったかたちだ。

頭を抱える俺に、しかし佐伯さんは言った。

「まあ、でも茅ヶ崎さんの気持ちもわからなくはないっていうか……」

「え？」

「藤ヶ谷のことが気になるっていうのは、わかんなくもないって言ったの。ほら、だってさ……」

と、そこで佐伯さんがちらりと視線を俺の背後へと送った。

それを辿ってみると、その先には教室のドアの陰からこっちをちらちらと見ている、おそらく他クラスだろう女子の姿があった。

「また来てる。しかも昨日とは別の子だねー。藤ヶ谷狙い、これで何人目だろ？」

「俺？」

「え、それはそうでしょ。だって」

そこでなぜか佐伯さんは言葉をためると。

「藤ヶ谷は顔がいい！」

「は？」

「もともと素材が良かったのもあるけど、間違いなくイケメン！　はっきり言ってうちの中学じゃ一位か二位くらいなんじゃないかな」

「それは……」

佐伯さんの指摘に言葉を濁す。

実はそのことには……気づいていた。

一度目の時にはもちろんまったく気づいていなかったけれど、今は自分の容姿が人よりも優れているらしいということを、良くも悪くも最低限のレベルでは自覚していた。

それは一度目の高校時代に……たまたま知り合うことになったとある先輩が教えてくれたことだ。

だからこそ、俺は特に望んでいなかったにもかかわらず、それを活かすことができる芸能の道に進むことになったようなものだ。

「あ、逃げちゃった」

と、佐伯さんが声を上げた。

見るとさっきまでこっちを見ていた小柄な女子が、逃げるように走り去っていく後ろ姿が目に入った。

「あー、残念だったね、けっこうかわいい子だったのに」

「残念とかそんなんじゃや。それに俺を見てたとは限らないし……」

「は？」

俺の言葉に佐伯さんが何言ってるんだって顔で首を横に大きく振った。

「いやいや、間違いないでしょ。あれは100パー藤ケ谷狙い。だって噂になってるよ？　藤ケ谷が急にイケメンになったって。それに見た目だけじゃなくて、困ってると率先して助けてくれたり相談に乗ってくれたりするって。大人の対応をしてくれてすっごいいいやつだって、評価がダダ上がりなんだから」

「それは……」

中身は二十五歳なわけだし。

それにそれらの行動は……実はある程度打算的なものだ。

過去を変えようと決めた時に、俺はできるだけ周りからの評価を上げようとも決めた。

評価を上げれば、それだけコミュニケーションもとりやすくなるし、円滑な毎日を送れるようになるから。

そして何かを助けてくれたり、与えてくれた相手に対して、人は良い印象を持つものだということを、一度目の人生を通してイヤというほど学んでいた。

だからそれは純粋な善意からじゃない。

二度目の夏を変えるための、俺の独善的な行動だ。

なのでそれをそんな風に言われても困ってしまうというか……

遠回しにそのことを伝えると、しかし佐伯さんは首を横に振って。

「ううん、藤ヶ谷はいいやつだよ」

きっぱりとそう言い切った。

「情けは人のためならず、やらない善よりやる偽善でしょ？　そりゃあみんながみんな人のためだけに親切にしてるわけじゃないんだから。それをちゃんと自覚してやってる藤ヶ谷は、絶対にいいやつだってこと。私はそのことを昔から知ってるんだから」

「それは……」

「だから」

と、そこで一度言葉を切った後、佐伯さんは俺の顔を真っ直ぐに見上げてこう言った。

「――昔はどうあれ、今の藤ヶ谷はちゃんとイケメンでちゃんといいやつで、女子からの人気が高いの。それこそ安芸宮さんとか茅ヶ崎さんとかと並んでてもぜんぜん引けを取らないくらい。そのことをちゃんと自覚して行動しないと、思いもよらない地雷を踏んじゃうこともあるかもよ？」

もっともすぎる一言だった。

3

人が一人増えれば、単純に考えて場の賑やかさは倍になる。

それが人の三倍、いや五倍は喋るような陽キャの極みみたいな女子だったら、それはもう単純な倍数ではなくて累乗になってもおかしくはない。

「え、これキュウリなん？　でかくない！　それになんかトゲが鋭いし！」

「こっちのはナスなんだ！　へー、マジで生えてる。あたし生えてる野菜って初めて見た。なんか感動！」

「てかこれだけ野菜があったら売れない？　八百屋とかやれるって！」

「……」

その理論を、茅ヶ崎さん——美羽は身をもって体現していた。

「あ、そういえばヒマワリの種って食べれるらしーね。でもこんな硬そうなのどうやって食べるの？　丸ごと？　なんかハムスターみたいじゃん」

「でもアキっち、こんなにたくさんの花とか毎日世話してるの、ガチですごいね！　あたしなんて前に自由研究でアサガオを育てたんだけど、三日で枯らしちゃってさー」

「あはははは、なにこの花、人の顔みたい！　夏越しのパンジーっていうの？　ちょっとフジっちに似てない？　似てるよね？　あはははははは！」

「……」

昨日までの静かで時間がゆっくり流れているようだった園芸部はどこへやら。

校舎裏には、美羽のよく通る声が響き渡っているのだった。

美羽は賑やかだ。

端的に言えばうるさいとも言う。

ともすれば常に喋っていないと呼吸ができないのではと思わされるほどである。

明るくコミュ力はあるものの、どちらかと言えば真面目で優等生タイプの安芸宮との相性はどうなのかと危惧していたのだけれど……

「ねえねえ、アキっち。その軍手、かわいいねー！」

「え、そうかな？　ふふ、ありがとう」

「うん、めっちゃいい感じ！　どこで買ったん？」

「あ、ええと、家の近くにある園芸の専門店だよ」

「そうなんだ？　じゃああたしも今度買ってこようかな。そのお店、教えてくれない？」

「あ、よかったらいっしょに行こうか？　ちょっとわかりにくい場所にあるし……」

「え、マジで！」

「うん」

「んじゃ今度の日曜とかどう？　その日なら撮影とかも入ってないから」

「だいじょうぶだと思う」

「よし、決まり！　あ、だったらＬＩＭＥ交換しとこうよ。なんかあったら連絡入れるからさ」

だけど不思議なことに、安芸宮はそんな美羽のことをイヤには思っていないみたいだった。むしろ、友好的に受け入れている節さえある。

性格的に正反対だからこそ逆に馬が合う……とかなのだろうか。

「じゃあさっそくスマホを……って、あ、ヤバ、あたしカバンといっしょに教室に忘れてきた。ちょっと取ってくるから。待っててー！」

そう言って、美羽はぱたぱたと走り去っていった。

後には静寂と、安芸宮と俺の二人が残される。

いい機会だと思い、訊いてみた。

「安芸宮は大丈夫なのか……？」

「？　だいじょうぶって？」

「いや、その、美羽のこと……」

内心では苦手に思っていないだろうか。

動機はいまいち理解できないものの、美羽が『園芸部』に加わることになった原因は俺だ。もしもそれで安芸宮に居心地の悪い思いをさせてしまっているのだったら、申し訳ない。

だけど俺の予想に反して、安芸宮は明るく笑った。

「美羽ちゃん？　ううん、わたし、好きだよ。ぜんぜん性格は違うけど、いい子だし、いっしょにいて楽しいし」

「そう、なのか？」

「うん、色とりどりのハイビスカスみたい」

「でも、何ていうか少し声が大きいというか、賑やかというか……」

その言葉に俺の言いたいことを察したのか、安芸宮は小さく笑った。

「あはは、隣のクラスにいても美羽ちゃんの声、聞こえてくるもんね。でもすごく耳なじみのいい声だし、聞いてると元気が出てくるかも。藤ヶ谷くんもそう思わない？」

「それは、まあ……」

あの元気さは貴重だとは思うけれど。

「だから美羽ちゃんが『園芸部』に入ってくれて、わたしはうれしいかな」

「そっか……」

安芸宮がそう言うのなら、それでいいのかもしれない。

当人が納得している以上は、女子同士の関係のことだし、俺が必要以上に口を挟むことでもないだろう。

「ただ……なんだろう」

と、安芸宮がぽつりと言った。

「？」

「んー、ちょっとだけ……ほんのちょーっとだけなんだけど……」

「……」

「さみしい気持ちも、あるかも……」

「さみしい？」

安芸宮がこくりとうなずく。

「ん。藤ヶ谷くんとおしゃべりする時間が少なくなっちゃったことは、毎日実をたくさんつけてた苺の収穫期が終わっちゃった時みたいで、張り合いがなくなっちゃったっていうか……」

「……」

「わかんないけど……なんか、そんな感じ？」

そう首を傾けて、俺の制服の裾をちょこんと握ってくる。

その姿はまるで飼い主がどこかに出かけることを察してヒザの上に乗ってくる仔猫のようだった。

「それって……」

たとえは少し、いやかなりわかりにくいが……もしかしてヤキモチを焼いてくれているのだろうか……？

そこまではいかなくとも、少なくとも俺と話している時間が減ることをさみしく思ってくれているのだけは確かだ。

鮮やかな向日葵を背景にして戸惑うように首を傾ける安芸宮の表情が、何とも愛おしく思えた。……それは一度目だったらきっと描いてみたいと思ったに違いないものだった。

「だけど……うん、これはいいことなんだと思う」

「？」

そこで安芸宮は顔を上げた。

どこか遠くを見るような無機質な目。

そして、ふっとこれまで見たことがないほど大人びた表情になって。

「だって、あの子がいれば、もしかしたら……」

「？」

最後のつぶやきは、小さくてよく聞こえなかった。

「あ、ううん、なんでもないの。気にしないで」

そう勢いよく首を横に振る。

そう言われてしまってはそれ以上は追及できない。

気にはなったけど、ひとまず置いておくことにした。

「おーい、お待たせ！」

やがて大きく手を振りながら美羽が戻ってくる。

「ごめんごめん、教室で玲衣たちにつかまっちゃってさー。あ、玲衣っていうのはクラスで一番仲いい友だちなんだけど、その子がめっちゃ教室でコケちゃってさー。もう机とか倒しまくって大変だったんだよー。それでそれで……」

校舎裏は、瞬時にして再び賑やかな声に包まれたのだった。

さて、その美羽なのだけれど……実は見かけによらない意外な面を持っているということに気づかされたのは、彼女が『園芸部』に入部してからしばらくが経った時のことだった。

放課後。いつものごとく校舎裏に向かうと、先に来ていた美羽が何かをしていた。

「おーっす、フジっち」

「美羽、何してるんだ？」

「んー、土を掘り起こしてるとこ。ほら、今度新しい野菜を植える畑を作りたいってアキっちが言ってたから。手伝えればってさ」

畑作りをしていたみたいだった。

意外だった。

『園芸部』に入ったとは言っても美羽は園芸自体に興味があったわけじゃないため、活動には興味がないのかと思っていた。

それにこういった肉体労働作業は、汚れるし単純にしんどい。

髪の乱れとかメイクの崩れとかを気にするだろう美羽はそういうのをイヤがるのではないかと考えていたのだけれど……

「え、『園芸部』に入ったのに土をいじるのがイヤなんて、そんなんあり得ないでしょ。入部させてもらった理由が理由なんだから、ちゃんと活動はするのがスジじゃん？　で、園芸の作業をすれば汚れたりするのは当たり前だし、そんなの対策しとけばいい話でしょ。それにこうやって身体を動かすのは、実はけっこう好きなんだよねー」

額の汗を拭いながら、にかっと笑みを浮かべる。

飾ることのないその姿には、好感が持てた。

またこんなこともあった。

「お、フジっち！　花壇じゃないとこで会うなんてめずらしーねー」

「あー、確かに。ん、美羽、それって？」

「あー、これ？　なんか国語で使った資料。よくわかんないけど昔の百科事典なんだってさ。クラスの子が重くて運ぶのが大変だって言うから、代わりに資料室まで運んでるとこ」

「え、でも美羽もこれはしんどいんじゃないのか？」

「へいきへいき、筋トレしてるから。てかこれをやるのを困ってる子がいるなら、困ってないあたしがやればいいんじゃね？　そうすればみんなハッピーっしょ」

そう言って笑う美羽の表情から、口だけでなく本当にそう思っていることがうかがえた。

（いいやつ、なんだよな……）

一度目では原因が自分にあったとはいえ、嫌われていたこともあって、美羽にはあまりいい印象はなかった。

ただの見た目が強めで陽キャリア充な一軍女子というイメージしかなかった。

だけど今はぜんぜん違う。

知り合ってからの美羽のことは、明るくてコミュ力が高くて少しばかり声は大きいけれど、

ってていた。

その実は真面目で他人のことが気遣えて世話好きなところもある、普通に好ましい相手だと思っていた。

「ん、どしたの、フジっち?」

「や、何でもない。それより俺も持つよ」

「え、いいっていいって。これくらいあたし一人でだいじょぶ――」

「いいから、ほら」

「あ……」

人には必ず色々な顔があって、見えていない面がある。

一面だけでは判断できない部分がある。

そんな当たり前のことすら、一度目の時には俺は気づいていなかったのではないだろうか。

美羽のことも。

佐伯さんやクラスメイトたちのことも。

そしてもしかしたら……安芸宮のことも。

「……」

そのことにどうしようもなく気づかされることになるのは……この時からもう少し後の、それこそこの二度目の夏が終わりを迎える寸前のことだった。

4

そんな美羽であったが、その印象をさらに決定的に変える出来事が起こった。

その日、『園芸部』にいたのは美羽と俺の二人だけだった。

安芸宮は、家の用事があるとのことで、今日は来られないらしい。

なので向日葵が咲き誇る校舎裏には、最初から最後まで美羽と俺の二人だけだった。

「ふう、今日はこんなところかな……」

スコップや肥料などを片付けて、花壇を見回しながらそうつぶやく。

大まかなやることの指示は安芸宮から受けていたとはいえ、二人だけではできることも限られていた。

「そだねー、だいぶ新しい畑もできてきたし。ふふ、こないだ植えたあたしのトマ子、元気に育ちなよー」

いつの間にか名前をつけていたトマトの苗にそんなことを言う美羽。

と、その時だった。

「お、美羽っち、こんなとこにいたー！」

そんな声が響いた。

声の元に目をやると、そこにはこっちに向かってぶんぶんと手を振る三人の女子の姿。

遠くから見ても目立つその風貌から、たぶん隣のクラスの美羽の友だちなのではないかと思われた。

「あ、玲衣、琉菜、葉月！　どしたのー？」

その予想通り、美羽が声を上げて手を振り返す。

それを見た三人が歩み寄ってきた。

「えー、最近美羽っち、付き合いが悪いからさー。放課後になるといっつもどっか行っちゃって」

「ちょっと様子を見てみないってことになって」

「んで、みんなで来てみたってわけ」

そういうことらしかった。

要するに、野次馬といったところか。

「ふーん、でも美羽っちが草とか育ててるなんてちょい意外。楽しいのかな。あ、そっちの男子が例の？」

「え？」

突然指をさされてガン見された。

「うん、そうそう。フジっち」

「へー、イケメンだ！　いいじゃんいいじゃん、美羽っちとお似合いだと思うよー！」

「こんな子いたなんて、ぜんぜん知らなかった。調査不足だ……」

「美羽の靴、直したんでしょ？　すごいよねー。どこでそんなこと覚えたの？」

あっという間に囲まれて質問攻めにされてしまう。

気分は動物園のパンダかエリマキトカゲだ……

「ほーら、フジっち困ってるじゃん。そこまでそこまで」

「えー、いいじゃん。美羽っちが気になる相手って興味あるもーん」

「そうそう、今までそんな話、ぜんぜんなかったのにいきなりだしね。調査しないと」

「やっぱり美羽のダチとしてはどんな相手なのかちゃんと知っとく必要があるでしょー」

美羽の制止も聞かず、さらに詰め寄ってくる。

ちなみに美羽の友だちだけあって、三人ともどこからどう見ても完全無欠な陽キャリア充といった雰囲気だった。

髪もメイクもばっちり決めていて、動く度に甘い香りがふわりと辺りに漂う。

「おー、髪さらさらだー。ねえねえ、シャンプー、なに使ってるのー？」

「へー、意外に腕太いね。筋トレとかしてるの？　調査したいなー」

「すっごい日焼けしてない？　日焼け止め塗ったげよっか？」

というか陽キャのこの距離感には本当に慣れない……

いやホストでの接客時に意図的にボディタッチとかをすることはもちろんあったんだけれど、あれはあくまで仕事の一環だったため、それとこれとは別問題というか……

と、そこでぱんぱんと美羽が手を叩いた。

「はーい、マジでそこまで。フジっち、ドン引きだから」

「えー、でも」

「でもも鴨もないし。あとお触りは禁止」

遮るようにして割り込んでくる。

それで三人もようやく諦めてくれたみたいだった。

「はー、ま、いっか。噂のフジっちがどんな相手か顔は見れたし。……って、あれ、ここって畑になってるの？」

と、三人の内の一人——確か玲衣と呼ばれていた——が畑を見てそう言った。

「え、すごいすごい。わ、スイカとかある！　へー、おいしそー」

「植物園みたいじゃん。写真撮ってツイッタラーにアップしたらよくない？」

「ラフレシアとかないの、ラフレシア？」

スマホで写真を撮りながら畑へと入っていく。

「あ、ちょっ……」

止める間もなかった。

別に畑自体が立ち入り禁止であるわけではないが、あの辺りは確か安芸宮がブロッコリーの種をまいた場所のはずだ。

そこを無造作に踏み荒らされるのがよくないだろうということくらい、俺にだってわかる。

慌てて注意しようとして。


「あー、ダメダメ！　すぐそこから出ろし！」


声が響いた。

見ると美羽が見たこともないような真剣な表情で……そう三人に詰め寄っていた。

「え、どしたん、美羽？」

「急にそんなマジな顔して」

「ちょ、こわいってばー」

突然の美羽の剣幕に、三人が軽く笑って流そうとして。

「いやいや、あのね、これマジな話だから。ここの畑はね、アキっちとフジっちが毎日すっごいがんばって世話してるとこなの。だからそれを勝手に踏み荒らすとかマジない」

「えー、荒らすとかそんなつもりじゃ……」

「つもりじゃなくても結果的にそうなってるじゃん。それに無断で写真撮るのとかもダメっしよ。場所がバレたりしたらまずいこともあるし」

強い口調でそう言う。

その声音から、美羽が本気であることがうかがえた。

初めて見る美羽の様子に怯むも、三人はまだ少しだけ不満そうに口をとがらせて。

「えー、でもちょっと入っただけで、悪気はなかったし……」

「そうそう、別に黙ってスイカを食べたとかじゃないんだから……」

「うんうん、無罪じゃね？」

「れーいー……るーなー……はーづーきー……」

「う……」

「わ、わかった、出るって」

「ご、ごめんなさい……」

反論しようとするも、美羽にじろりとにらまれてしゅんとしてしまった。

そんな三人を見て美羽は小さく息を吐くと。

「あー、もう、ほんとごめんね、フジっち。この子たち、アホなだけで悪い子じゃないから」

「あ、いや」

「アホって、それは美羽もじゃん」

「そうだよ、この前、英語の中間テストで三点とかとってたくせに」

「キクラゲのことをずっと山で採れるクラゲだと思ってたことも知ってるんだからね」

「う、そ、それは……」

思わぬ反撃に美羽が言葉に詰まる。

というか、美羽、それはちょっと……

「と、とにかく、あたしのことは置いておいて……今のは玲衣たちが悪かったんだから。ちゃんと謝ること」

その美羽の言葉に。

「う、ごめんね、そこ入っちゃいけないって知らなかったから……」

「でもそうだよね、そりゃあ勝手に入って勝手に写真撮ったりしたらNGだよね。うちらが悪い」

「ごめんね、藤ヶ谷くん」

「あ、いや……」

三人そろって深々と頭を下げてくる。

何だかいい意味で拍子抜けというか……

こういった陽キャのリア充たちは常にマイペースで、自分の非を認めて素直に謝ることなんてないと思っていた。

それがこんなにもちゃんと話が通じる相手だったのが、あまりにも意外だったというか……

そして……美羽もだった。

彼女があんなに真剣な表情で声を上げたことも、『園芸部』のことを、安芸宮のことをあんなにも大切に考えてくれていたことも驚きだった。

「ほらほら、とりあえず今日は帰りなって。あたしたちはまだ後片付けとかあるから」

「……うー、そだね。そうする」

「調査はまた今度あらためてすることにしーよおっと」

「またね、藤ケ谷くん」

そう言いながら手を振って、三人は立ち去っていった。

なんか夏の台風みたいだったな……

5

「……ふう」

美羽の友だち三人が去って、再び二人だけになった校舎裏で、美羽が再度大きく息を吐いた。

「ほんと、マジごめんね、フジっち。こんなことになるなんて思わなかったっていうか。玲衣たち、みんな普段はいい子たちなんだよ。なんていうか、さっきはちょっと調子に乗っちゃっただけで……」

本当に申し訳なさそうな顔でそう言ってくる。

「大丈夫、それはわかってるから」

美羽が注意した時の反応を見ていれば、あの三人が悪い人間じゃないことはわかる。

おそらく本当に何の悪気もなくて、ちょっとうかつだっただけなんだろう。

「そ、そっか、ならよかったー……玲衣たちは大事な友だちだから、フジっちに悪く思ってほしくなかったっていうか……」

ほっとしたような表情で胸をなで下ろす。

こういう友だち思いな面があることも、新しい発見だ。

だけど何よりも、俺は美羽に言っておかなければならないことがあった。

「美羽……ありがとう」

「え？」

「ほら、三人が暴走しそうになった時、ちゃんと注意してくれて」

それだった。

もしかしたら友だちとの関係が悪くなるかもしれないのに、それにもかかわらず何のためらいもなく止めてくれたのは、驚きもしたし嬉しいことだった。

「あー、いやいや、それは当たり前っしょ。さっきも言ったけど、あの畑とか花壇とかが適当に扱っちゃいけないものだってことくらいあたしにだってわかる。アキっちとかフジっちが、どんだけここを大事にしてるか、知ってるし」

「美羽……」

「だからいくら玲衣たちでも、ううん玲衣たちだからこそ、勝手にああいうことするのは見てられなかったんだよね。や、あたしが出しゃばるところじゃなかったかもだけど……」

「そんなことない。『園芸部』のことを大事に思ってくれてて、嬉しく思ってる」

それは本音だった。

安芸宮や俺が大事に思っているこの場所を、美羽が同じように大事にしてくれていることがこれ以上ないくらいありがたかった。

「何ていうか、美羽って……真っ直ぐだよな」

「え？」

「いつだって気持ちいいくらいにやりたいことがハッキリしてるっていうか、自分が思うことをストレートに行動に移せて、そこからぜんぜんブレないっていうか……」

簡単に思えて、それはものすごく難しいことだと思う。

それができなかったからこそ……俺の一度目の夏はあのような結果になったのだから。

そのことを伝えると、美羽はびっくりしたように目をぱちぱちと瞬かせた。

「真っ直ぐって……そんなこと、初めて言われたし。アホとか考えなしとか脳筋とかはよく言われるけど。へ、へへ、でもそっか。あたしって真っ直ぐなのかー。フジっちにそんな風に言われるとなんか照れるぜー」

髪の毛をくるくると指に巻きつけながら、嬉しそうに笑う。

そういう風にほめられてすぐに出る笑顔も、また真っ直ぐだった。

そんな美羽を見ていたら、ついこんな言葉が出てしまった。

「あのさ……美羽、何かやってほしいこととかないか？」

「え、どしたの、急に」

「さっき美羽がしてくれたこと、本当にありがたかったんだ。だからお礼がしたくって。俺にできることなら何でもするから」

それは本当に自然に出てきたものだった。

真っ直ぐで気持ちのいい美羽の心遣いに、少しでも何か返せればと思ったからこそ出てきた言葉。

それを聞いた美羽はニヤリと笑う。

「お、なんでもって言った？　なんでもって、ガチでなんでもってことだよ？　男子に二言はないよ？」

「う、そこは常識の範囲内っていうか……」

「えー、どうしよっかなー。宿題全部やってもらうのもいいし、一日マネージャーになってもらうとかもいいかも。あ、あたしのお願いには全部イエスかはいで答えるってのも悪くないなー」

あ、あれ、選択を間違えたかな……？

美羽の口から出るアレな単語に、ちょっとだけ後悔の念が湧き上がる。

やがて五分ほどじっくりと考えこんでから、美羽はぽんと手を叩いた。

「――よし、決めた！」

「お、おお……」

「フジっちにしてもらうこと。それはね――」

そこで美羽はこっちを真っ直ぐに見ると。

満面の笑みを浮かべながら、これ以上ないくらいに楽しそうな声で、こう言ったのだった。

「――デートしよ♪」

暗転

幕間③

最初、それが何だかわからなかった。

真っ黒な黒板に、まるで磔（はりつけ）にされた何かのように浮かび上がっている白いもの。

ヒラヒラと風に揺れるそれが……手紙だということに気がついたのは、黒板まで間近な距離にまで近づいたところでだ。

「え……？」

意味がわからなかった。

目の前にあるものが何なのか、理解ができなかった。

「……あれって……手紙と絵……？」

「……告白……？　……藤ケ谷（ふじがや）が安芸宮（あきみや）に……？　それはちょっと高望みしすぎっていうか……」

「……それは、まあ……」

「……え、でもこれ、どういう状況……？」

「……バカ……察してやれって……」

周りからはクラスメイトたちのそんなささやきが小さく聞こえてくる。

震える足取りで黒板へと近づく。

見覚えのある白い便せんに書かれていたのは、安芸宮（あきみや）へと向けた僕の言葉。

届きさえすれば必ず伝わると信じていた……純粋な思いだ。

目まいがした。

息が苦しくて、その場で立っていることすら苦痛だった。

今起きていることが現実だと受け入れることを……心が拒否していた。

磔（はりつけ）にされた手紙の下で、花瓶に生けられた七本の向日葵が、怖いくらいに鮮やかな黄色を浮かび上がらせていたのだった。

第五話

デート

1

デート。

そんな青春のきらめきに満ちた響きのイベントを体験するのは、ずいぶんひさしぶりのことだった。

最後にまともに触れた覚えがあるのは——たぶん一度目の高校時代。

唯一親しいと言えた先輩とそれに近い真似事(まねごと)をしたくらいだと思う。

「感覚的には八年くらい前って……」

もうそれは未経験と同じような気もする。

もはや自分の中ではあまりに昔すぎて、それがどんなものだったかまったくもって思い出せない。

だけど要は、先輩や他の事務所の女優をアテンドするのと同じような要領だろう。

事前にきちんとスケジュールを立てて、映えるおしゃれな店に案内して、最初から最後までスマートにエスコートする。

それで問題ないはずだ。……たぶん。

「そろそろ出ないと」

時間を確認して家を出る。

待ち合わせ場所は、十三時にこの辺りで一番大きな駅の人型のモニュメント前だった。

乗り換えを含めてだいぶ余裕を見たため、十二時四十五分過ぎには待ち合わせ場所に辿り着く。

当然美羽はまだ来ていないと思ったのだけれど。

その予想は大外れだった。

（もういる……）

考える人のモニュメントの前。

そこにはスマホに目をやりながら姿勢よく立つ、美羽の姿があった。

早い。

何となく美羽のキャラ的にギリギリか少し遅れて来そうなどと考えていたが、まったくそんなことはなかった。

声をかけるべく急いで近づこうとして。

「ねえねえ、そこのギャルの女の子」

「は？」

と、ＲＰＧに登場するモンスターのごとく突然割りこんできた高校生くらいの派手な髪色の男たちが、美羽に声をかけるのが目に入った。

「一人？　だれか待ってるの？」

「もしかしてヒマしてる？　だったらいっしょに昆虫食カフェに行かない？」

「すぐそこにあるからさ。コオロギとかすげぇうまいよ！」

身振り手振りで興味を引こうとしながら次々にそう話しかけている。

ナンパ……だろうなあ。

あまりにもわかりやすすぎるムーブだった。

ただそのどこかぎこちないというか不自然なやり取りから、そんなに慣れていないだろうこともわかる。同じ事務所にいたナンパが得意なやつとはまるでやり方が違いすぎた。ていうか昆虫食カフェって何なんだ……

「あー、間に合ってる。ちゃんと相手いるから」

それにそっけなく答える美羽。

スマホから一ミリも目を離そうともしない。

だけどナンパ男たちはそれでも諦めないようだった。

「えー、マジで？　でもぜんぜん来ないじゃん」

「ホントにそんな相手いるの？　それにいたとしたって待たせるなんて最悪じゃん？」

「そうそう。どうせコメツキバッタみたいにしょぼくて大したことないやつでしょ？　捕食される系男子？　だったらおれらといっしょに遊んだ方が楽しいって。ほら、いいから行こうぜ」

「ちょ、触んなって……」

イヤそうな声を上げる美羽の手をつかんで、なおもしつこく迫ろうとする。

……っ、これはとっとと何とかしないと。

地面を蹴って、美羽のもとへと駆け寄った。

「悪い、遅くなった」

「あっ、フジっち……♪」

俺の姿に気づくと、美羽はぱあっと表情を輝かせた。

それまでの警戒モードとは一転、満面の笑みで俺の隣に移動すると、腕を組みながら言った。

「ほら、相手が来たから。あんたたちと虫食べてるヒマなんて一秒もないの。どっか行けって」

「ぐ……ほんとにいたのか。……ちっ、イケメンかよ」

「むかつくな。てかさ、いい気になってね？　王子様のつもりか」

「待ち合わせに遅れてくるフンコロガシみたいなやつにこんなかわいい子と遊ぶ資格はねぇだろ。なあ、お兄ちゃん。ここはおれたちに譲ってくんない？」

そう顔を近づけながら、金髪の男が威圧するように俺の肩に強い力で手をかけてくる。

……はあ、やっぱりこういう展開か。

だいたい予想はできていたというか、断られると短絡的に直接的な手段に出るのも、ナンパがヘタクソな連中の特徴だ。

だけどあいにく、一度目の経験のおかげで、俺はこういった場面にはそれなりに慣れていた。

肩に置かれた手を右手で摑んで、俺は言った。

「あー、悪いけどさ、ここは退いてくれないか？」

「はあ？　おまえがどっかいけよ。イケメンなんだから相手には困らねぇだろ……ん」

「頼むって」

「く……な、何で、腕が動かねぇ……」

こっちを睨みながら男がうめき声を上げる。

芸能の仕事をして、露出が多くなるにつれ、街中で絡まれることはよくあった。

知名度が上がるのはいいことばかりじゃなくて、当然のごとくそういったデメリットもあるという話だ。

そういう時に大事なのは、まず堂々と毅然とした態度をとること。

そしてそれを担保するための簡単な護身術を、事務所の指導で身につけているのだった。

「く、くそ……このフンコロガシが……」

男は必死に俺の手を外そうとしていたが、やがて諦めたのか摑んでいた肩を離した。

「お前のイケメン面は覚えたからな……！」

「お、覚えてろよ！　次に会ったら絶対やってやるからな……！」

「せいぜい夜道のセミファイナルに気をつけるんだな……！」

そう言って逃げるように走り去っていった。

捨て台詞(ぜりふ)までダメな意味でテンプレなのには、もはや突っこむ気すら起きない。

「ふう……」

昆虫カフェ男たちが視界から完全に消え去ったのを確認して、美羽(みう)を見る。

「ごめん、遅れたせいで余計な騒ぎになって。大丈夫だったか？」

「……」

「美羽(みう)？」

「……ときめいた！」

「え？」

「すごいすごい！　フジっち、つよつよだったんだね！　見た目はちょっとなよそうな優男っていうか、ぜんぜんそんな風に見えないのに！」

「え？」

「でもそのギャップ？　がえぐいかも。惚(ほ)れ直したかも！」

俺の両手を握りしめながらそんなことを言ってくる。

ていうかなよそうな優男って半分くらい悪口じゃないか……？

まあその場で飛び跳ねながら興奮したように言ってくる美羽の様子から、そんな意図はないんだろうけど……

ともあれ、デートは最初から波乱を予感させるスタートだった。

2

「それでそれで、まずはどこに行くの？」

美羽が期待に満ちた目でそう訊いてくる。

そうくると思っていたので、大まかな一日の流れはすでに決めていた。

「ん、色々考えたんだけど、映画はどうかな？　ちょうど面白そうなのが色々やってるみたいだし」

「お、いいじゃんいいじゃーん。デートの定番と言えば映画だもんね」

楽しそうに答える美羽。

どうやら異論はないみたいだ。

というわけで、映画館へ向かうことにした。

人が多く行き交う休日の繁華街を、並んで歩いていく。

「でさでさ、そしたら玲衣がすっごいかわいいヘアアレンジしてきたんだよ！　赤のインナーカラーが映え映えで、めっちゃ目立つの！　あたしも今度やってみよっかなー」

「フジっちってイヌ派とネコ派、どっち？　あたしはだんぜんイヌ派！　ほらやっぱりあのきゅんきゅんするつぶらな瞳と一途になついてくれるところがポイント高いっていうか。あとお尻がかわいい！」

「お、あそこ見てみ！　なんか人だかりができてる！　山からイノシシでも下りて来てるのかな？」

あいかわらずよく喋る美羽。

黙っている時間が一秒たりともないいんじゃないかってくらいの勢いで次々と話題を振ってくる。

それはある意味でいつも通りのことで特に言及するようなことでもなかったのだけれど、それ以外でさっきから少し気になることがあった。

それは……視線。

チラチラと覗き見をするというよりも、もっと直接的に投げかけられてくる無遠慮なもの。

それが色々なところから断続的に美羽に向けられていて……

「……」

うーん。

やっぱり美羽は目立つんだな。

さっきのナンパもしかり、ここに来るまでに何人もの男が振り返って美羽のことを見ていた。

普段のキャラを考えずに客観的に見れば顔は相当に整っていると思うし、読モをやっているだけのことはあって髪も服もメイクもばっちりきまっている。明らかに、周りとはレベルが二つくらい違う印象だ。

とはいえ……こうして不躾に見られることは、決して気持ちいいことではないと思う。

特に男からの視線は、その、必ずしも健全なものばかりではないので……

なのでできるだけ美羽が見られないように、さりげなく位置関係を調整しながら歩いていく。

「ん、どしたの？」

と、美羽が不思議そうな顔で訊いてきた。

「なんかさっきから動きがおかしいよ？　トイレがまんしてる？」

「や、その」

「？」

「ええと……」

やっぱり隠し通せるものでもないか。

「……いや、たぶんだけど、さっきから美羽がけっこう見られてるなと思って」

「あー、それかー」

俺の言葉に、美羽は納得したような顔になった。

「うん、知ってた。割と露骨なのもあったよねー。ていうかいつものことだからあんま気にしてなかった」

「いやでも……」

「だいじょぶだいじょぶ。もっとひどいのとかもよくあるし、それからくらべたらぜんぜんだから別にいいよ。減るもんじゃないし」

手をひらひらと振りながらあっけらかんとそう口にする。

強メンタルだ……

「でもそっか、フジっち、あたしがイヤな思いをしないようにあんなフラッシュモブみたいな動きをしてくれてたんだ」

「や、そういうわけじゃ……」

「へへ、ありがと、ね♪　フジっちのそーいうところ、好きだよ」

嬉しそうに笑う。

その笑顔はやはりどこまでも真っ直ぐな素直なもので……何だかこっちの方が気恥ずかしくなってきてしまった。

そんなことをしているうちに、映画館へと到着する。

映画館の他にも様々な施設が入っている、この辺りでも有名なシネコン。

「わー、いいじゃんいいじゃんいいじゃーん。なんか映画館ってテンション上がってくるよねー」

「わかる。独特の匂いみたいなものがあるっていうか」

「でしょでしょ？　空港とか劇場とかとも似てるかも」

「それで、どれを見る？」

「んー、そだね。ド定番のアクションもいいし、デートだったらやっぱり恋愛ものもいいし、コメディも普通に捨てがたい……悩むなー」

上映タイトルが表示されたディスプレイの前でうんうんとうなる美羽。

三分ほど悩んでいたようだったが、どうやら決められなかったらしい。

「あー、もう、選べない。こうなったら目をつむって指さした先にあったのにする！」

そう言うとその大きな目をぎゅっと閉じて。

「えいっ、これだ……！」

勢いよくディスプレイを指し示す。

その先にあったのは。

「……え」

『101匹ゾンビちゃん大行進』と書かれた……ホラー映画のタイトルだった。

「じゃあ、ポップコーンはここのスポットに置いておくから」

「……」

「カバンと上着はこっちにまとめてと。飲み物はそれぞれの手元に……って、美羽？」

「…………」

「美羽？」

「……え、な、なに……！」

返事がないので肩を叩いて確認したところ、びくんと弾かれたように美羽が顔を上げた。

「いや、だからポップコーンと飲み物をここに置いておくって……」

「え？　あ、わ、わかった。さんきゅ」

目を泳がせながらそうなずき返してくる。

どうにも様子がおかしいような……

美羽の反応を不審に思っていると、ふと肘掛けに置いていた手に何か柔らかいものが触れるのを感じた。

「？」

見てみると……美羽のきれいにネイルがされた手が、俺の手の上に重ねるように置かれていた。

「あ、こ、これは別に大した意味はないっていうか……」

「……」

「ほ、ほら……ちょっとフジっちの手が冷たそうだったからさ、あっためてあげよっかなーって」

「いや外が暑かったからぜんぜんなんだけど……」

「う……じゃ、じゃあ、そんなんじゃなくても、手をつなぐぐらいよくない？　デ、デートなんだし、それくらいやるっしょ？」

「まあ、それは……」

ああ、これはもしかして……

ある可能性が予想されるも、それを口にしようとしたところでスクリーン内の照明が落とされた。

上映中の注意や他の映画の予告編などが流された後に、本編が始まる。

ちなみにネットで少しだけ話題になったゾンビものだったのだけれど……

「……ひっ……」

開始五分で、美羽（みう）の小さな悲鳴が上がった。

重ねられた手に、ぎゅっと力が込められる。

「ちょ……な、なんであんなところからゾンビが出てきて……っつつつ……」

さらに強く握られる手。

だけど大声を出してはいけないことだけはちゃんと頭にあるのか、悲鳴だけは必死に押し殺している。

「……っ……」

「……っ……う、ううう……」

「……ぴぃ……っ……」

とはいえそれにも限界があって。

悲鳴こそは最後まで出さずにいたものの、ストーリーがクライマックスに至る頃には、小鳥のような声を上げながら座席から身体を乗り出してほとんど俺に抱きつくようなかたちになっていた。

端整な顔がほとんど至近距離まで近づいて、時おり漏れる吐息が首元をかすかにくすぐる。

「ううう……ゾンビこわい……手足もげる……血だるま……」

「……」

基本的に強メンタルで、ナンパ男たちとかにはあんなに無敵だったのに、ホラーにはこんなに弱いのか……

高低差のギャップが激しすぎる美羽に、何と言ったらいいかわからないのだった。

「だ、大丈夫か……？」

上映が終わった後のロビーで、パンフレットに印刷されたゾンビよりも真っ青な顔をしている美羽に声をかける。

「……ぜんぜん……だいじょぶじゃないし……なんであそこで急に生首でサッカーをやりはじめたりするの……意味わかんない……」

「それはまあ、そういう演出だから……」

「……せめてサッカーじゃなくてバスケだったらスラムダンクしてくれるのを楽しみに見てられたのに……」

そういう問題じゃないと思う。

「でも美羽、ホラー苦手だったんだ。ちょっと意外だったっていうか……」

「……うう……生きた人間だったら詰めるなり埋めるなりどうにでもできるからいいけど……マジでこういうお化けとか目に見えないものはムリなんだって……叫ばなかっただけマジ自分をほめてあげたいし」

まだ小刻みに身体を震わせながらそう口にする。

ちなみに一部怖い台詞が混ざっていたような気がしたけれど、そこは聞こえなかったことにした。

「そんなに苦手なら別のにすればよかったんじゃ……」

その方が楽しめたのではと思ってしまう。

だけどその言葉に、美羽は首を横に振った。

「……ううん、それはやだ。だって最初にそうするって決めたんだから、それはちゃんと貫かないとなんか気持ち悪いじゃん。それに」

「？」

「フジっちといっしょならなにしてても楽しいから」

これ以上ないくらいの笑顔でそんなことを言ってくる。

本当に……美羽は、次から次へと意外な一面が出てくるのだった。

3

不意の遭遇とは、大抵それが起こってほしくない時に限って起きる。

学校帰りに寄り道をした時に生活指導の厳しい教師の見回りにあったり、山でキノコ採りをしていたらクマと鉢合わせしたり、さっきの映画のように安全地帯だと思っていた場所で予想外にゾンビに襲撃されるような感じだ。

それが今回、俺にも起こってしまったのだった。

具体的に何なのかというと。

「あれ、お兄ちゃん？」

「げ」

映画館から次の目的地であるカフェへと移動する途中。

美羽と並んで歩いていると、すれ違った女子に突然声をかけられた。

目を細めながらこっちをガン見してくるその女子は……あろうことかうちの妹だった。

「あ、やっぱそうじゃん。ちょっとちょっと、なに無視しようとしてんの。かわいい妹がせっかく声をかけてあげたっていうのに……って、あれ、だれかといっしょ？」

隣にいる美羽に気づいたのか、妹が少しだけ声の調子を落とした。

「これは何ていうか……」

「あ、もしかしてデートしてんの！　お兄ちゃんのくせに生意気。そっか、だから今日は朝からなんかゴソゴソしてたんだ。えー、だれだれ、妹としては相手を知っておく必要が——」

と、そこで妹の声が止まった。

俺の隣に視線を送る。

「え……も、もしかして、美羽先輩……!?」

「ん？　あたしのこと、知ってんの？」

「し、知ってるっていうか、だって……」

と、そこでぐいと腕を強く引っ張られた。

そのまま美羽から引き剝がされて、問答無用で少し離れた柱の陰へと連れていかれる。

（ちょ、ちょっとお兄ちゃん！　なんでお兄ちゃんなんかが美羽先輩といっしょにいるの⁉）

（なんかって……いや、同じ部活だから）

（部活⁉　え、美羽先輩、あの、なんだっけ、よくわかんない野菜部の部員なの⁉）

（園芸部な）

（そんなのどうでもいいの！　ええ……あの読モでめっちゃきれいでスタイルもよくて、学校じゃ知らない人がいないくらい有名な美羽先輩が野菜部で、お兄ちゃんのデート相手なんて……世界滅亡しちゃうじゃん……）

ひどい言われようだが、とりあえず美羽が一年である妹たちにも当然のごとく知られているくらいに有名だってことは改めて理解できた。

（まあそれはいいや！　とにかく、ちゃんと紹介して！　そうしないとお兄ちゃんの部屋にギャルもののえっちな本が隠してあること、ばらすからね！）

（わ、わかったって）

何でそのことを知ってるんだと疑問に思いつつ、いつも以上の妹の勢いに押されながら、美羽のもとへと戻る。

「あの、美羽。こいつは俺の妹で……」

「藤ヶ谷朱里っていいます！　あ、あの……おに——兄がいつもお世話になってて……」

「へー、フジっちの妹ちゃんなんだ。うちの一年生？　あたしは茅ヶ崎美羽、よろしくね、アカリっち♪」

「よ、よろしくお願いします！　て、ていうか、美羽先輩が私のこと、名前で……」

感激した表情を浮かべながら胸の前に手を当てる。

こんな妹の姿、見たことない……

離れていた飼い主と一年ぶりの再会を果たした犬みたいに興奮する妹の様子を少し離れたところから新鮮な気持ちで眺める。

「えー、でもお兄ちゃんと美羽先輩が仲いいなんてほんと信じられないです。あんなヘタレなのに……」

「ん、そんなことないよ。フジっちはイケメンじゃん？　見た目もだけど、中身もね」

「そうですかぁ……？　そりゃあ見た目は昔のナメコみたいなのから比べたらシイタケくらいにはマシになりましたけど、中身がそんなにいいかなあ……」

「あはは、アカリっちは近くにいるからわかんないのかもね」

「……うーん……」

しばらくして、話は終わったようだった。

「あ、お兄ちゃん、ちょっと」

「？」

と、妹に手招きされてまた少し離れた柱の陰に連れていかれる。

「どうしたんだ、まだ何か——」

そう言いかけて。

「あのさ、そこでなんか絵のイベントをやってるみたいだよ。行かないの？」

「え？」

「だって好きでしょ？　お兄ちゃんの数少ない趣味っていうか特技なんだから。私としては美羽先輩がお兄ちゃんのことをなんで気に入ってるのかどーしても理解できないから、少しでもいいところを見せてもらいたいんだよね」

「……」

「お兄ちゃん？」

「……あ、いや」

妹の言葉に少しだけ返事に詰まって。

「今日はこれから他に行くところがあるから」

「えー、そうなの？」

「ああ、最初からその予定だったんだ。女子受けしそうなカフェだから、そういう意味ではマイナスにはならないと思う」

「んー、お兄ちゃんのセンスはいまいち当てにならないけど……それならまあいいか……」

不承不承といった感じに妹がうなずく。

「ねー、どしたの、フジっち、アカリっち。まだなんかナイショ話ー？」

「あ、いや」

「そ、そんなんじゃないですよー！」

二人で慌てて返事をして、美羽のもとへと戻る。

「お、もうだいじょぶ？」

「ああ、待たせて悪かった。じゃあそろそろ次の場所に……」

「あ、待って待って！　美羽先輩、最後にいっしょに写真撮ってください！」

と、そこで妹が俺の言葉に割りこむようにそう言ってきた。

「写真？　あたしと？」

「はいっ！　今日の記念に！」

「ちょ、おま、いいかげんに……」

「あー、いいよいいよ、写真くらい。ほら、どうせだからいっぱい撮ろっか？」

「わー、さすが美羽先輩！　愚鈍なナメコみたいなお兄ちゃんと違って話がわかるー！　じゃあじゃあ、何枚かポーズをとってもらっていいですか？　まずは隣に並んで……」

ぴったりとくっついて携帯で写真を撮り始める。

それから結局、妹の指定のポーズを全て撮り終えるまで、あり得ないほどの時間を要したのだった。

4

「悪かった……妹が色々と」

三十分後。

ようやく妹から解放された俺たちは、当初の目的地であるカフェにいた。

「まさかあんなところで会うとは思ってなかったっていうか、美羽にさんざん絡んで迷惑だったんじゃないかと……」

「え、ぜんぜんいいよ。かわいい妹ちゃんじゃん。憧れてもらえるのはふつーにうれしいし、さんきゅって感じだよ」

「そう言ってくれると助かる……」

我が妹ながらあのグイグイくる感じは本当にアレだった。

というか美羽は本当にそう思ってくれていそうだった。

「それよりさ、ここ、すっごいいいお店じゃん。フジっち、センスいいねー」

店内をぐるりと見回しながらそう弾んだ声を上げる。

どうやら店は当たりのようだった。

ホストをやっていた時に色々な店を探した経験のおかげで、女子の喜びそうな店を何となく見分けるのは得意になっていた。

「気に入ってもらえてよかった。あ、ここプリンアラモードパンケーキと焼きマシュマロパンケーキがおいしいらしい」

「え、なにそのやばいの！　頼も頼も♪」

二人で店員さんを呼んで注文をする。

頼んだものはすぐにやってきた。

「わ、きたきた♪」

パンケーキの上にプリンと生クリームが載せられてたくさんのフルーツが散らされたものと、同じくパンケーキの上に焼いたマシュマロとバターが載せられたもの。

映える感じに盛り付けされたそれらを美羽は手早くスマホで写真に撮って、ナイフとフォークで切り分ける。

見るからに甘そうなそれを口にするなり、美羽は目を輝かせた。

「え、マジうまっ！　なにこれ生クリームとプリンが口の中で躍るんですけど！」

「こっちのマシュマロもうまいな。バターとマシュマロの甘さが調和してるというか……」

「ほんと？　じゃあ交換しようよ。そっちも食べたい。もーらいっ」

「あ」

こっちの返事も待たずにプレートから焼きマシュマロを強奪する。

口だけじゃなくて手も早い。

「ほんとだ、こっちもヤバうま……！」

とはいえ本当に幸せそうな顔でマシュマロパンケーキを頬ばる美羽（みう）の顔を見ていると、何だか細かいことはどうでもよくなってくる。

「ほら、フジっちもこっちのプリンアラモードも食べてみなって」

「あ、じゃあもらう――」

「はい、あーん」

「え……？」

「ん、なにヘンな顔してるの？」

「いやだって……」

今なんか変な工程が入ってたよな？

「？　デートでいっしょにスイーツ食べるって言ったらあーんっしょ？　ほら、いいからいいから」

「だけど……」

「だけどもヤケドもないの。ほら、口開ける」

「わ、わかったって……」

「お、よろしい♪　はい、あーん♪」

「あ、あーん……」

かなりの気恥ずかしさを感じながらも美羽のフォークからプリンアラモードパンケーキを受け取る。

そんなやり取りをしつつ、注文したパンケーキを全て食べ終わった。

「はー、マジおいしかった……しあわせ……」

美羽がとろけそうな顔でそう漏らす。

最初に見た時ははたして食べきれるのか少しだけ不安だったパンケーキは、そんな俺の心配をよそに、ほぼ美羽によってすっかり完食されていた。

「もうお腹ぱんっぱんでしばらく動けないかも……」

「俺も……。時間はあるし、ゆっくりしていこう」

「あ、いいねいいね。ぶっちゃけトークしようぜー！」

そこからは食後のハーブティーを飲みながら、のんびりと雑談に興じることになった。

「でさー、そのマネージャーが言うんだよー。あたしはポージングの基本ができてないって」

「そうなのか？」

「んー、わかんない。でもスタイルがいいから素材に頼りすぎだって。ほめてるのかけなしてるのかどっちかにしてってての」

　どうやら美羽には読者モデルの仕事で困っていることがあるようだった。

「ていうかポージングなんてたくさんありすぎて全部覚えられないんだよね。言ってまだ読モはじめてから三ヶ月くらいだし、ごちゃごちゃして頭がわーってなってくるっていうか……」

　困ったような顔で腕を組む。

　その気持ちはわからないでもない。

　ただ……

「それって、ポージング全般が苦手ってこと？」

「え？　あ、うん、たぶんそうだと思うけど」

「それならおそらくだけど……そういう時はS字を意識すればいいんじゃないかと思う」

「S字？　え、どういうこと？」

　美羽が目を瞬かせる。

「わかりやすく言うと、アゴを引いて胸を張って、お腹を引っこめてお尻を上げて、さらに片方の足を前に出すことで身体のラインがSの字になるようにするんだよ。そうすると身体の曲線美が映えて、どのポージングでも自然とアレンジができるようになると思う」

女性用のポージングの基本だが、知り合いの女性モデルから聞いて知っていた。

それを聞いた美羽は目を丸くした。

「えー、フジっち、なんでそんなこと知ってんの！　すごくない！」

「え？　いやだってそれは、しご」

「？　死後？」

「あ、い、いや」

仕事の一環でモデルをやったこともあったからだ……と言いかけて慌てて言葉を止めた。

それは俺が二十五歳である未来の話で、今のこの場の中学二年生である俺の話ではない。

どう答えようか悩んだ結果、無難にごまかすことにした。

「ええと、知り合いでモデルをやってる人がいて、その人から聞いたというか……」

「知り合い？」

「そ、そうなんだ。その人が詳しくて……」

少し苦しいか……？

だけど美羽は特に気にした様子はなかったようだった。

「へー、そなんだ。あ、それじゃあフジっちも、もしかしてモデルの仕事にちょっと詳しかったりする？」

「え。まあ、多少は」

「マジで！　じゃあじゃあ、訊きたいことがあるんだけど！」

それからしばらく、美羽の相談事を聞いた。

脚が長く見える撮られ方、先輩モデルとうまく接する方法、体形維持の苦労などなど。

相談自体はモデルの仕事を始めたばかりの者にはよくあるものだったけれど、そんな基本的な質問を通してでもわかるくらい、美羽が読者モデルの仕事に真面目に向き合っていることが伝わってきた。

「はー、すごいね、フジっち！　こんなにめちゃくちゃ詳しいなんて。ほんと助かるよー！」

「や、そこまでじゃ」

「ううん、ふつーじゃないって！　またなんかあったら相談のってくれたらマジ助かるっていうか」

「これくらいならいつでも」

「やった！　さんきゅさんきゅ！」

両手を上げて喜んでくれる。

何であれ、自分なんかの言葉が助けになるのならいいことだ。

ひと息吐きつつ渇いた喉を潤すためハーブティーを口にする。

と、そこで美羽が珍しく何かを考えこむように黙っているのに気づいた。

「美羽？」

「……」

「どうかした？」

何かあったのだろうか。

事情がわからない俺に。

「んー、フジっちだったら言っちゃっていいかな……」

「？」

「あの、笑わない……？」

少しだけ遠慮がちにそう言ってくる。

どんな話なのかはわからないが、こんな真剣な顔をした美羽相手に、笑うはずがない。

そう答えると、美羽は安心したようにうなずいた。

「うんっ、フジっちならそう言ってくれると思った。じゃあ言うね。あのさ……」

そこで少しだけ間を置くと。

真っ直ぐに俺の顔を見つめて。

「あのね、あたし……将来はモデルになるのが夢なんだー」

思い切ったように、美羽がそう言った。

「今はまだはじめたばっかのただの読モだけど、高校に入ったらもっと本格的に活動して、できればちゃんと事務所とかに所属したいと思ってる。で、そのまま色々経験をして。将来は仕事にできればいいなって」

「そうなのか……」

「うん。だってあたし、モデルの仕事が好きなんだ。かわいい服を着るのも好きだし、写真撮られるのも好き。メイクとかネイルを考えるのも好きだし、あとカメラマンの人とか編集者の人とかと話すのも面白いって思う」

「……」

そう熱く語る美羽の言葉は、未来への希望に満ちあふれていた。

まだ何にでもなれる可能性を秘めた、輝くような渇望。

その熱量は……別に好きでもない芸能の仕事の一環としてモデルをやっていた俺には、少しばかり耳に痛かった。

「はー、言っちゃった。マジ緊張したー。って、これ話したの……フジっちがはじめてなんだからね」

「俺が？」

「うん。フジっちなら話していいって、そう思ったから」

「そっか……ありがとう」

美羽の顔を見てそう返す。

だれにも言っていない将来の夢について話してくれたことは素直に嬉しかった。

「あ、そうだ、どうせだから訊いていい？」

「ん、何を？」

「あのさ……」

そこで美羽は真っ直ぐに俺の目を見ると。

「フジっちには将来の夢ってあるの？」

「……っ……」

不意打ちだった。

その言葉に、記憶の底に澱のように深く沈めていたものがよみがえる。

昔は胸の奥に熱く抱いていたもの。

実現したいと心から願っていたもの。

だけど今は泡のように消えてしまったそれが……深く刺さったトゲのようにズキリと痛んだ。

「……」

「フジっち？」

「……」

「えっと……？」

「……や、まだないかな」

そう答えるのがやっとだった。

「えー、そなんだ？　フジっちならすっごいきちんとそういうこと考えてそうかなーって思ったんだけど」

「そう、だな……」

言葉を濁す。

今の俺には、そう答えるしかできることはなかった。


その後も、カフェを出て色々なところに行った。

モールでウインドウショッピングをしたり、ゲーセンでぬいぐるみを取ったり、ペットショップを覗き見したり。

それは普通に楽しい時間だったけれど、俺の胸にはどこかさっき美羽から言われた言葉が引っかかったままだった。

「はー、楽しかった！　こんなに思いっきり遊んだのひさしぶりかも」

ペットショップを出たところで、そう声を上げながら美羽が「んー」と身体を伸ばす。

「今日はほんとありがとね、フジっち。おかげですっごいいいデートだったよ!」

「いや、こっちこそ」

途中で少しモヤモヤとしてしまったものの、充実した一日を過ごすことができたのは俺も同じだ。

こういう普段は味わえない青春なイベントに誘ってくれたことを、美羽には感謝しなければならないかもしれない。

ともあれ中学生としてはもういい時間だ。

これで今日のところはお開きなのかと思っていたのだけれど。

「ね、最後に行きたいところがあるんだけど、いい?」

「え?」

と、美羽がこっちを振り向いてそう言った。

「デートの締めくくりにぴったりっていうか、いい場所があるんだー。だいじょぶ、ここからそんな遠くないから。寄ってから帰ってもそんなに遅くならないよ。どうかな?」

「ん、大丈夫だと思う」

「よかった。んじゃ行こっか」

どこに行くのだろう。

笑顔の美羽に促されて、歩き出したのだった。

5

美羽に連れられてやってきたのは、街中から少し離れた場所にある階段途中の高台だった。

急勾配で、上るのになかなか難儀した立地。

ただその苦労に見合うほど、一面に広がる視界には遮るものがなくて、街全体があますことなく一望できる素晴らしいものだった。

「ここはね、あたしのお気に入りスポットなんだー」

手すりから身を乗り出しながら美羽が言った。

「ちょっと落ちこんだ時とか、気分を切り替えたい時とかに来るの。ここから夕日を見てると、すっごい元気になれるっていうか、明日からもまたがんばんないとーって気分になれるんだ。どうどう、いい眺めじゃない？」

「あ……」

美羽の言葉通り、目の前の景色は圧巻だった。

まるで太陽が地平線に溶けて一つになっていくかのようで……息を呑むような光景とはこう

いうことを言うのかもしれないと、思わず目を奪われてしまう。

しばらくの間、声も出せずにただ眼前のオレンジ色の奔流に見入っていた。

「……よかった」

「え?」

と、美羽が言った。

「ほら、なーんかフジっち、途中から元気なさそうだったから。ちょっとでもいい感じになってくれればなーって」

眉をハの字にしながらこっちを見上げてくる美羽。

そんなに態度に出てしまっていたのか……

どこかさみしそうな美羽の表情に、申し訳ない気持ちでいっぱいになる。

「……悪かった。せっかくの、その、デートなのにそんな顔をしてたなんて……」

男子として、いや人としてあり得ない。

控えめに言っても最低だ。

「あ、ううん、気にしないでいいって。だれだって色々あるんだから、テンションが上がったり下がったりすることあるもん。ふつーふつー」

「美羽……」

「だから、ね?」

笑顔で明るくそう言ってきてくれる。

そこからはこっちに変な気を遣わせまいとする気持ちが伝わってきた。

「……サンキュ。おかげで少し元気が出た」

「え、ほんと？」

「ああ、美羽のおかげだ」

美羽の気遣いと目の前の光景のおかげで、胸のモヤモヤはだいぶ元通りの落ち着いた状態になっていた。

何ていうか、美羽の笑顔には人を元気にさせる不思議な力がある。

そんな俺を見て、美羽が嬉しそうに笑う。

「へへ、ならよかった。やっぱりフジっちは元気で笑ってくれてた方がいいもんね。なんか落ち着くっていうか、お尻のかわいいやんちゃな仔犬みたいでずっと見てたくなるっていうか」

「それ、ほめてる……？」

「え？　当たり前じゃん。めっちゃほめてるし」

そのままどちらともなく笑い合う。

気づけば辺りにはいつも通りの空気が流れていた。

うん、やっぱり美羽といっしょにいる時はこういう気安い雰囲気の方がしっくりくる。

それは美羽も同じように感じていたのか、何かを決めたように小さくうなずいて。

「あー、もう言っちゃおっかなー」

と、手すりの向こうの景色に目をやりながらそう声を上げた。

「……あのね、実はあたし、もう一つあるんだ」

「？」

「将来の夢。もちろんこっちもだれにも言ってないんだけど……」

そう言いながらちらちらとこっちを見てくる。

これは……訊いてほしいのだろう。

なので。

「？　どんな夢？」

その問いに、美羽は待ってましたとばかりに顔を上げた。

だけどそこから、なぜか少しばかり戸惑うような素振りを見せる。

「えっとね……」

「ん？」

「その……」

「？」

「……」

と、そこで美羽は一度言葉を止めて。

「……さん……」

「え？」

「……お、お嫁さん、い、だよ……！」

目をぎゅっとつむりながら、照れたようにそう口にした。

「……」

お嫁さん……

女子の将来の夢の定番とも言えるべき対象。

まさかここでそれがくるとは。

それもこの美羽の口から。

その思ってもみなかったかわいらしい返答に、一気に肩の力と緊張感とが抜けていくのを感じた。

「そっか……」

「あー、笑わないって言ったじゃん！」

「笑ってない笑ってない。微笑ましいと思って」

「それを笑うっていうんだってば！」

顔を赤くしながらポカポカと胸を叩いてくる。

もちろんぜんぜん痛くはない。

ひとしきり俺をサンドバッグにした後、頰をふくらませて美羽は言った。

「もう……フジっちのバーカ」

それはリスみたいにかわいらしい仕草だった。

そんな彼女を見て思う。

「でも美羽ならきっといいお嫁さんになれるんじゃないか」

「え？」

「前にも言ったけど美羽は本当に真っ直ぐだし、細かいことは気にしないように見えて実はすごく人のことを見てるし、そういう心遣いができるのはポイントが高いと思う」

「ちょ、急になに？　そ、そんな言われたら照れるじゃん……」

「でも本当のことだって」

たぶん、つい本音が出てしまったのだと思う。

美羽に対して良い印象を持つようになったからこそ、思わず口をついて出てしまった言葉。

だけどそれがうかつだったということに気づかされたのは……その後に続いた美羽の言葉からだった。

「て、ていうか……それをフジっちが言うのは反則だと思うんだけど……」

「え？」

と、頬を赤くした美羽が目を細めながらそう言った。

「だってそうじゃない？　あたしはフジっちのことが気になるから傍にいるんだよ？　恋かもしれないって思ってるんだよ？　それなのにそんなうれしいこと言うなんて……ずるいじゃん」

「それは……」

返答に詰まる。

確かにそう言われはしたけれど、それは「たぶん」とか「きっと」とかの注釈がつく、ものすごく不確定なものだったはずだ。

俺としては実際には、初めて同年代男子以外の対応に触れた中学生が抱く憧れや刷り込みに近いものだと認識していたのだけれど……

だけど俺のその言葉に。

「ううん、ぜんぜん違うよ」

美羽がきっぱりとそう言い切った。

「あたしがフジっちに感じてるのは、憧れとかそんなんじゃない。だって……フジっちにはびびっときちゃったんだもん」

「ビビッと……？」

「うん、そ。初めて会った時から、なーんか気になってしょうがなかったんだよね。他の男子とは違うっていうか、不思議な雰囲気があって。で、その直感はやっぱり間違ってなかったんだって……今日あらためて思ったんだよね。だって……」

そこで美羽(みう)は少しだけ声を小さくすると。

「今だってこうしてフジっちといっしょにいると……すっごく、どきどきする。どきどきして、胸の中が熱くなって気持ちが止まらなくなる……。お嫁さんっていうもう一つの夢のことが自然と思い出せちゃうくらいに……」

「……」

「こんなの初めてなんだもん……」

「美羽(みう)……」

「……」

そうじっと見上げてくる美羽(みう)の表情はいつもと違った。

背後で輝く夕日に照らされて、そのぱっちりとした二重の瞳が少しだけ潤んでいるように見える。

それはまるで何か大事なことを伝えようとしてきているかののようで……

（あ……）

ヤバい……と思った。

この雰囲気を、俺はイヤというほど知っている。

一度目の高校時代以降……今の仕事に就いてからは何度となく味わってきた独特の空気。

「……あのさ、フジっち」

「……」

「……え、えっとさ、すっごい考えたんだけど、あたしね、この気持ちはやっぱ恋だと思うんだよね。や、それはこんなの初めてだからぜったいとは言えないけど、でも女の直感でそうだって気がするっていうか……」

「……」

「こ、これって初恋……になるのかな？　うん、たぶん、そう。だったらこの気持ちを……大事にしたい。これから先もずっと、フジっちといっしょにいて、これがなんなのかちゃんと最後まで確認したいって、そう思うんだよ……」

「……」

「だから、その、なにが言いたいのかっていうと……」

ダメだ。

思わず顔がこわばってしまう。

次にどういう言葉がくるのかわかってしまうから……

もちろん美羽の想いは嬉しい。

嬉しいし、その気持ちを否定するつもりは毛頭ないのだけれど……

だけどムリなのだ。

それを受け入れまいと……心が拒否してしまう。

そんな俺の表情に、美羽は気づいたようだった。

「フジっち……？」

「……」

「どうして、そんな顔……」

「……」

沈黙。

俺は何も言葉を発することができず、そんな俺を前に美羽も戸惑っているようだった。

オレンジ色に染まった高台に、ただヒグラシとツクツクホウシの鳴き声だけが虚しく響く。

どれくらいそうしていただろう。

やがて……美羽がゆっくりと口を開いた。

「……やっぱ、やめとく」

「え？」

「……今言っても、どうなるかなんとなくわかっちゃったっていうか。だから、いい。もっとフジっちの気持ちがこっちを向いてくれるまで……待つから」

「美羽……」

「……帰ろっか？」

ひどくさみしそうな表情で美羽がそう言う。

それに俺は……何も声をかけることができなかった。

6

美羽と別れて、一人になった帰り道を俺は歩いていた。

自宅へと続く道はもうすでに真っ暗になっていて、頼りなく揺れる街灯が辺りを薄く照らしている。

「……」

正直ホッとしていた。

美羽が空気を読んで踏みとどまってくれたことを、助かったと思ってしまっていた。

だって。

たとえ告白してきてたとしても……断ることは決まっていたから。

それは安芸宮がいるということもあったが、たとえそれがなくても俺の答えは変わらなかっただろう。

　向けられた好意を信じることができない。

　女子が言う好きだという言葉を……決定的に信じることができない。

　それが一度目のあの事件以来……黒板に磔にされた思いの成れの果てを見てしまって以来、俺の心に植え付けられてしまったトラウマだった。

　それでも何人かとは付き合ってみたこともある。

　付き合っているうちにもしかしたら何かが変わるのではないかと、何とか信じようともがいてみたこともある。

　だけどダメだった。

　いくら努力をしても、最後には結局「あなたは私のことを何も信じてない」と言われて、向こうから離れていった。その事実にホッとしてしまっている自分も、イヤだった。

　最後には、諦めた。

　もう自分はだれかと本当の意味で心を通じ合わせることはできないのだと、割り切った。

「……」

　もしもあの事件に向き合うことができてトラウマを払拭することができれば、こんな自分を変えることができるのだろうか。

　普通に相手からの好意を信じて、同じように好意を返すことができるようになるのだろうか。

目の前の道のように、俺の心の中は暗いままだった。

もう信じるという行為がどういうことであったのかも、忘れてしまっていた。

……わからない。

7

翌日の放課後。

重い足取りを引きずりながら、俺は校舎裏へと向かっていた。

どういう顔をして美羽と会えばいいのかわからなかった。

だからといって、行かないわけにはいかない。

そんなのはあからさまな逃げであって、美羽にも失礼だ。

覚悟を決めて、校舎裏へと向かう。

「あ、おっす、フジっち」

いきなりかけられたのは、そんないつもと何ら変わらない美羽の明るい声だった。

「今日もあっついねー。マジでゆだっちゃいそうだけど、雑草がまたたくさん生えてきちゃってるから抜かないと」

「……」

「ほら、フジっちも早く手伝ってってば」

「あ——わ、わかった」

うなずき返して、慌てて美羽の隣で雑草取りを手伝い始める。

見上げれば七月の空はどこまでも青く広く、昨日までと何も変わらない。

辺りに響くクマゼミの声もいいかげん聞き飽きてきたといってもいいくらいだ。

それだけを切り取ってみれば、この二度目の夏に何度も見た光景。

流れる汗を拭いながら一心に雑草を抜いていると、ふと美羽がつぶやいた。

「……あのさ、なんでこいつぜんぜんいつも通りじゃんとかって思ってる？」

「え、あ……」

「いいっていいって。そりゃあそうだよね。昨日あんないかにも告白しますーって空気出しといてさ。でもそれでヘンに態度変えたりしたっていいことないじゃん」

「……」

「だってそうでしょ？　フジっちの事情はわかんないけど、あたしの気持ちは変わんないんだし、とりあえず今はムリだってことだけはわかった。ならそれはそれじゃん。昨日も言ったけど、風向きが変わるまで待てばいいだけの話だし」

強い。

強メンタルなのは知っていたけれど、それでも目の前で色鮮やかなハイビスカスのように笑う彼女のメンタルは、俺が考えていた十倍は強くて、そして優しかった。

そんな美羽の心遣いは……本当にありがたかった。

正直、今の俺にはどうすることもできない。

相手からの好意を信じることができないという欠陥を抱えたままでは……ただ思考を放棄して無感情に断る以外の選択をすることができない。

そんな事情をおもんばかってくれて、普段通りに接することを選んでくれた美羽には、どこまでも感謝しかなかった。

「美羽……ありがとう」

「あはは、別にお礼を言われるようなことじゃないし。あたしがそうしたいからそうするんだよ。だからフジっちはなんも気にすることないの」

美羽はそう言ってくれるけれど、この状況を何も気にしないなんてことはさすがにできない。

とにかく……あの事件を解決しないことにはどうにもならない。

この場所から、十年前のこの校舎裏から、一歩も動くことができない。

「……」

改めて、あの一件と向き合う決意を固める。

あの事件まで俺の手紙が教室に磔にされるまで……あと二週間ほど。

せめてここから先は安芸宮との時間を多くして、過去を変えるためにやれることは全てやらなければならない。

「アキっち、遅いねー。いつもならもう来てるはずなのに」

「ん、そうだな……」

だけど……そうはならなかった。

イレギュラー尽くめのこの二度目の夏は、もはや俺が知る一度目のものとは完全に別のものになってしまっていたのだということを、俺は思い知らされることになる。

その日の放課後から。

安芸宮が……学校に来なくなったのだった。

幕間④

夏の終わり

❁❁

その後のことは、ボンヤリとした記憶でしか覚えていない。

ただ僕は磔にされた手紙をむしり取って、そのまま逃げるように教室から出た。

わからなかった。

どうして安芸宮はあんなことをしたのか。

告白が受け入れられないものだったらそう言えばいいだけの話なのに、なぜ手紙と絵を磔にする必要があったのか。

何も、何一つとしてわからない。

だけど自分は安芸宮に裏切られたのだという確かな思いだけは、胸の奥にいつまでも渦巻いて消えることはなかった。

夏休みは、ほとんど部屋から出ずにベッドの上で膝を抱えて過ごした。

何度も何度も、あの出来事について考えた。

安芸宮と過ごした校舎裏での日々を思い返し、どこで何を間違えたのかを考え続けた。

だけどいくら考えても、当然だが答えは出なかった。

やがて長い夏休みが終わる。

もう限界だった。

こんなのはもう終わりにしようと思った。

直接安芸宮にあの行為の意味を問いただして、全てをハッキリさせる。

返ってくる言葉はおそらく僕の望まないものかもしれないけれど、それでももうそうしないと一歩も前に進めないくらいに、僕の心はボロボロだった。

決意とともに学校へと向かう。

だけど——その機会は、二度と訪れることはなかった。

新学期が始まり、いまだクラスメイトたちからの好奇の視線が向けられる中、向日葵の花瓶がなくなった教室で僕を待っていたのは……

「安芸宮さんですが、家庭の事情で夏休み中に転校されました。引っ越し先については向こうの事情からお知らせすることはできないとのことです」

そんな——残酷な現実だった。

第六話

向日葵と告白

1

安芸宮が欠席をしたまま、五日が経っていた。

窓際の彼女の席は、まるで最初からそこにはだれもいなかったかのようにぽっかりと空いたままである。

担任教師が言うには風邪とのことらしいが……それにしても少し長い。

(安芸宮……)

一度目にはこんな出来事はなかったのも気になった。

いや今日に至るここまでイレギュラーなことばかりが起こっているこの二度目の夏で今さら言うことじゃないのかもしれないけれど、それでもどうしてか引っかかった。

このままもう安芸宮とは会えないんじゃないかと……そんな思いすらよぎる。

そんなのは根拠のない不安だってことはわかっている。

でも頭の中をまとわりついて離れない。

だってあの時も……安芸宮は何も言わずに俺の前からいなくなってしまったのだから。

「安芸宮さん、お休み長いねー」

と、佐伯さんが少し心配そうにそう言ってきた。

「夏風邪かな？　夏風邪はこじらせるとたちが悪いっていうから、大丈夫だといいけど……」

「佐伯さんは連絡とかとったりはしてないのか？」

「んー、そだね、あんまり安芸宮さんとは話したことないから……」

そうだった。

『園芸部』では普通に話しているからつい忘れてしまいそうになるが、安芸宮はだれに対しても明るく笑顔で接するものの教室ではどこか一歩引いていて、特定のクラスメイトと深い交流を持っていなかったのだ。

「それだったら藤ケ谷の方が詳しいんじゃないの？　おんなじ『園芸部』なんでしょ？」

「それはそうなんだけど……」

俺はまだスマホを持つことを許されていない。

妹も文句を言っていたが、高校に上がるまでは子どもにスマホを持たせないというのが藤ケ谷家の方針らしい。

なので気軽に安芸宮と連絡を取ることのできる手段を持っていないのだった。

「んー、じゃあ茅ケ崎さんに訊いてみるのは？　仲いいんでしょ？」

「美羽か……」

先日の一件があったことから少しばかり安芸宮のことに触れるのはためらわれたけれど、この際手段は選んでいられないかもしれない。

「……そうだな。ん、そうしてみる。サンキュ」

「うん、がんばれー」

背中を押してくれるような佐伯さんの声が、どこか心強く感じられたのだった。


「アキっち？　んー、あたしも気になってた。休み長くね？」

放課後。

校舎裏で安芸宮について尋ねてみると、美羽から返ってきた言葉がそれだった。

「風邪なんだっけ？　ＬＩＮＥは送ってるんだけど、ただ『大丈夫』って返ってくるだけだからさ。元気出ればって思ってとにかくスタンプだけは送りまくってるんだけどー」

ＬＩＮＥの画面を見せてもらうと、そこには『元気いっぱい、うなぎパイ！』と書かれたウナギのスタンプが親の仇のように大量に送付されていた。

「……いや、美羽、これは……」

「あー、やっぱまずかった？　ウナギじゃなくてこっちのアメリカオオナマズのキャラの方がよかったかな」

「……」

そういう問題じゃない。

というか美羽はセンスに若干問題があるな……

「まあそれはともかく……ちゃんと返事はあるのか」

ということはやはり単に夏風邪が長引いているだけなのだろうか。

だとしたらあまり干渉するのもよくないかもしれない。

具合が悪い時に必要以上に気にしすぎると、それは相手にとって大なり小なり負担になる可能性がある。こういうのは適度な距離感が大事なのだ。……と、一度目の人生で積み重ねてきた知識はそう言っている。

でも……

「んー、だけどさ、フジっちはアキっちが心配なんだよね？」

「え？」

「理屈とかちゃんとした理由があるとかじゃなくて、とにかくどうしてるか気になるってのはそういうことでしょ？　うん、でも気持ちはわかるよ。あたしもアキっちのことが心配だもん」

美羽はうんうんとうなずいて。

「てかだったらさ、やることなんて一つじゃない？」

「一つ……？」

「そ。フジっちはアキっちがどうしてるか気になる。でもアキっちからはあんまり反応がない。

で、今日の『園芸部』はそんなにやることはなくてヒマ。だったらこれ以外ないっしょ」

いまだにピンとこない俺に。

美羽(みう)はにっこりと笑って、こう言ったのだった。

「簡単だよ♪　フジっちがお見舞いに行ってくればいいんじゃね？」

2

——来てしまった。

気がついたら俺は、一人で安芸宮(あきみや)の家のインターホンの前にいた。

（落ち着け……）

別に何もやましいことはない。

ただクラスメイトで同じ部活の友だちのお見舞いに来ただけだ。

とはいえ……少しばかり、いやかなり緊張している。

だれかの家にお見舞いに行くなんていうのはこれまで経験したことがなかったし、一人で、さらにはアポなしだということもそれに拍車をかけていた。

（美羽は読者モデルの撮影があるっていうし……）

あんなにお見舞いを勧めているのだからてっきりいっしょに来るのかと思ったら、そんなことはまったくなかった。いや一人でも来るつもりではあったのだからそれはいいのだけれど

……

「……」

……迷惑に思われたりしないだろうか。

そんな不安が頭をよぎる。

冷静に考えれば安芸宮がそんなことを思うはずはないということはわかるのだけど、それでも感情面の心配は消しきれない。

二十五歳になっても……気になる相手の家を訪問する際には緊張するものなのだ。

自分の中にまだそんな初々しい感情があったことに驚きつつも、それは少し救いだった。

「……よし」

いずれにせよここまで来た以上、何もせずに帰るなんて選択肢はあり得ない。

覚悟を決めて呼び鈴を押す。

「……」

チャイムが三回ほど鳴った後に、インターホンから返事があった。

『──はい』

女性のものだが、安芸宮の声ではない。

「あ、すみません。俺——僕は羽純さんと同じクラスの藤ヶ谷と言います」

『藤ヶ谷……？』

「はい。羽純さんがお休みをしているので、お見舞いに来たんですが……」

『……』

少しの沈黙。

やがてドアの向こうから足音が聞こえてきて、ガチャリと玄関のドアが開かれた。

出てきたのは三十歳代くらいの小柄な女性だった。

安芸宮の母親……だろうか？

俺の姿を目に留めると、にっこりと笑った。

「ええと、藤ヶ谷くんね」

「あ、はい」

「羽純の母です。わざわざありがとうね」

やっぱりそうだった。

少し疲れたような表情が気になったが、笑った時の目元が安芸宮にとてもよく似ている。

「お見舞いに来てくれたのよね。どうぞ、よかったら上がって」

「はい、失礼します」

会釈をして、脱いだ靴をそろえて玄関へと上がる。

そういえば——安芸宮の家に上がるのは初めてのことだ。

前に送った時は門の前までだったし、一度目ではそもそも家まで行ったこともなかった。

「こっちよ。あの子の部屋は二階なの」

安芸宮母の後ろについて、階段を上っていく。

二階に上がってすぐのところに、『Hazumi's Room』と書かれたプレートが下げられた部屋があった。

ここが、安芸宮の……

安芸宮母がドアをノックする。

「羽純、起きてる？」

するとすぐに中から安芸宮の不思議そうな声が聞こえてきた。

「？　どうしたの、お母さん？　ノックするなんて珍しいね」

「うん、あのね、お友だちがお見舞いに来てくれたのよ」

「友だち……？」

「ええ。ふふ、藤ヶ谷くんよ」

「え……っ……！」

明らかに動揺したような声が返ってきた。

直後にドタバタと、転がるような何かをひっくり返すような大きな音が部屋の中から響く。

「な、なんで……⁉　ちょ、ちょっと待って……！　ま、まだ開けちゃダメだから……っ……！」

ドタンドタン、バタン……！

音はやむことなくさらに大きさを増していく。

大丈夫、なのか……？

そんな俺の心配をよそに、しばらくするとやがて物音は収まって、中から消え入りそうな声が聞こえてきた。

「……もう……入って……いい、よ……」

「ふふ、はいはい。藤ヶ谷(ふじがや)くんもどうぞ」

「あ、はい」

安芸宮(あきみや)母に促されて、部屋へと足を踏み入れる。

「……」

物が少ないな、というのが最初の印象だった。

部屋の広さは六畳ほど。入るとまず壁につるされている制服が見えて、そこから視線を下に移すと、部屋の中央にあるローテーブルが目に入った。テーブルの上には小物やメイク道具などが置かれていて、さらにその向こうには机があり、参考書が何冊か積まれていた。

全体的にどちらかと言えば機能性重視で、シンプルにまとめられている。

安芸宮らしいといえば安芸宮らしいのだけれど……その簡素というよりもどこかさみしい部屋の様子に、少しだけ違和感を覚えた。なんだろう、何かが……

そしてそんな簡素な部屋の奥にあるベッドの上に……安芸宮はいた。

「……こ、こんにちは、藤ヶ谷くん……」

「あ、ああ……」

花柄のかわいらしいパジャマ姿で、顔の下半分を掛け布団で隠して恥ずかしそうにこっちを見ている安芸宮に、思わずこっちの声も上擦ってしまう。

「あら、羽純。何だか今日はおとなしいわね」

「そ、そんなこと……」

「あるわよ。ふふ、でもそれもしょうがないか。だって……」

そこで安芸宮母はにんまりと笑って。

「せっかくあんなに毎日話してる藤ヶ谷くんが来てくれたんだから♪」

「ちょ、お、お母さん……!!」

「あら、本当のことでしょう？　藤ヶ谷くんのおかげで毎日が楽しいって、あんなにうれしそうに話してくれてたものね」

「そ、それは、そうだけど……！」

「ふふ、じゃあいいじゃない。隠すようなことでもないでしょ」

「……うう……」

借りてきた猫みたいに安芸宮がさらに掛け布団に潜りこむ。

何となくこの母娘の関係性が見えるやり取りだったのだけれど、俺は俺でそれどころじゃなかった。

(安芸宮が俺のことを……？)

家で楽しそうに話していてくれたのか……

そう聞いただけで、ついつい頬が緩んでどうしようもなくなってしまう。胸の奥に温かいものを感じてしまう。何ていうか……嬉しい。

そんな俺たちを、安芸宮母は微笑ましい目で見比べて、こう続けた。

「あのね、藤ヶ谷くん。一つお願いがあるんだけどいいかしら？」

「え？　あ、はい」

「実は私、もうちょっとしたらパートの仕事で出かけないといけないの。だから藤ヶ谷くんには羽純のことをお任せしたいなって」

「……え？」

それってどういう……

何を言われているのか瞬時に理解できず動きが止まる俺に。

安芸宮母は、にっこりと笑ってこう言ったのだった。

「よかったら羽純の話し相手になってあげてほしいの。藤ヶ谷くんがいられるまでで大丈夫だから、いっしょにいてあげてくれると嬉しいわ。お願いね」

3

「……」

「……」

沈黙だった。

エアコンの稼働音だけが無機質に響く部屋で、ベッドから身体を起こした安芸宮と、クッションの上で正座をした俺が、互いに顔をうつむかせたまま向かい合っている。

宣言通り、あの後すぐに安芸宮母は出かけていってしまった。

最初は冗談かと思ったのだけれど、本当に娘をクラスメイトの男子と二人きりにしたままどこかに行ってしまったのだ。

必然、部屋には安芸宮と俺の二人だけになる。

（いいのか、これ……）

窓の外からはミンミンゼミの鳴き声と、道を行き交う車の音が聞こえてくる。

流れてくるエアコンの風は温度を高めに設定しているのか、少しばかり蒸し暑い。

壁にかけられているそこまで大きくないはずの時計の秒針の音が、やたらと耳に残った。

「……あ、あの……ごめん、ね……？」

と、安芸宮が遠慮がちに口を開いた。

「……その、お母さんが、よくわからないことをして……」

「いや、それは……」

「急にあんなことを言われても、藤ヶ谷くんも肥料をたっぷりもらったウツボカズラみたいに困っちゃうし迷惑だよね……あ、だ、だから、わたしのことは気にしないで帰ってもらってだいじょうぶ――」

「――それはない」

「え……？」

「俺は安芸宮のことが心配だから来たんだ。だからこうして安芸宮の助けになることができるなら本意でこそあって、迷惑なんてことは絶対にない」

それだけはしっかり言っておきたかった。

安芸宮のために何かをするのに迷惑なんてことは欠片もなくて、むしろ望むところだと。

まあ、その、いきなりこんな風に二人きりにされる事態はさすがに想定していなかったけれど……。

「藤ケ谷、くん……」

驚いたような声を上げながら、安芸宮は目をゆっくりと瞬かせていた。

だけどやがて少しだけ恥ずかしそうに顔を逸らして。

「……ありがとう……向日葵みたいに素敵……うれしい……」

そう小さくつぶやいた。

そのやり取りで、部屋の中を流れていた空気がだいぶ緩やかなものになったように思えた。

「でも風邪、そんなにひどくなさそうでよかった」

「あ、うん」

「五日も休んでるからだいぶ心配した。ていっても夏風邪は治りかけが肝心だから、ここで無理はしない方がいいかも」

治る直前にぶり返したりすると余計にこじらせてしまうという話は聞いたことがある。

「とにかくまだ安静にしてるのが一番だと思う。あ、何か困ってることとかやってほしいこととかあったら遠慮なく言ってくれていいから」

せっかく安芸宮のことを頼まれたのだから、もしも何かあったら助けになりたい。

その提案に安芸宮は考えこむような様子を見せるも。

「うん、ありがとう。でも今は特にはないかも……」

「本当に？　マッサージとか、濡れたタオルで部屋を加湿するとか、急にドクターペッパーが飲みたくなったから買ってこいとかでも大丈夫だけど……」

「そ、そんなこと頼まないって……」

最後のは冗談だったのだけれど、両手をぶんぶんと振って安芸宮が否定する。

まあ、困っていることが何もないならそれに越したことはないか。

「わかった。じゃあもし何か出てきたらその時に言って――」

俺がそう言いかけた、その時だった。

クゥ……

絶妙なタイミングで、そんなかわいらしい音がどこからか聞こえてきた。

まるで何かを訴えかける仔犬の鳴き声のような音。

その出どころは……

見るとお腹を押さえた安芸宮が、うつむきながら耳まで真っ赤にしていた。

「……っ……」

「……」

「……」

「……あー、ええと……」

「……」

「……」

「……」

「……何か適当にご飯、作ろうか？」

「……」

「……」

「…………お願い……します……」

ほとんど消えてなくなってしまいそうな声。

そんな安芸宮に苦笑しつつ、俺は台所へと向かったのだった。

こう見えて料理には比較的自信があった。

一度目では高校を出てすぐに一人暮らしをしていたため自炊ができることは必須だったし、その後に今の仕事に就いてからもバラエティなどで料理スキルというものは重宝された。

なので簡単な料理くらいならお手の物、多少複雑なものでもレシピなしで作ることができるくらいにはなっていた。

「この材料なら……」

冷蔵庫の中のものは自由に使っていいと安芸宮（あきみや）からは言われていたので、よさそうな食材を選んでいく。

風邪もだいぶよくなってきているようだったけれど、それでも可能なら消化がよくて、体力がつくようなものがいいはずだ。

だとすると……

頭の中で材料同士を組み合わせて、できそうな料理の候補をいくつか挙げる。

やがて一つのレシピが浮かぶ。

「あれにするか」

あれなら食べやすいだろうし、栄養的にも消化的にも問題はないはずだ。

そうと決まればさっそく調理に取りかかる。

タマネギ、ミニトマト、コンソメの素、白米などなど。

それらの材料を切り分けて、鍋に入れて順に沸かしていき、調味料などを加えていく。

待つこと三十分。

すぐに完成品はできた。

お盆に載せて、安芸宮のもとへと運ぶ。

「お待たせ、安芸宮」

「わ、いい匂い……」

鼻をくんくんとさせる安芸宮。

ベッドの脇に座り鍋のフタを取ると、さらに大きく声を上げた。

「わぁ、これって……リゾット？」

「ああ。タマネギとミニトマトがあったから、トマトリゾットにしてみた」

「すごい、おいしそう……！　向日葵みたいに素敵！　藤ヶ谷くん、料理得意だったんだ？」

意外そうな、だけど尊敬のこもった目でベッドの上から見上げてくる。

本来はというか、一度目のこの時点では料理なんてせいぜいゆで卵が作れるくらいのレベルだったので、それは当然の反応と言えた。

「ちょっと覚える機会があって。さ、冷めないうちに食べよう」

「うん、ありがとう」

ローテーブルの上に鍋を置かせてもらい、小鉢にリゾットをよそう。

そのままレンゲで適量をすくい、少し冷ました後に、俺は安芸宮に向けてそれを差し出した。

「はい、あーん」

「え……」

「……って、あっ」

しまった、つい……！

風邪の看病では藤ヶ谷家ではこれが定番だったし、先日美羽にパンケーキでこれをやられた記憶が新しかったのも大きかったのもあり、ほとんど反射的にやってしまった。

レンゲを差し出したまま思わずフリーズしてしまう。

安芸宮もどうしたらいいのかわからないという顔で、レンゲと俺の顔をちらちらと見比べている。

しばらくの間そんな状態が続き。

だけど安芸宮はやがて小さくうなずくと、何かを決意したかのようにそっと目をつむって。

「……あ、あーん……」

そう、小さく口を差し出してきた。

「え、ええと……？」

「……」

「……あ、あーん……」

これは……いいってこと、だよな……？

むしろそれ以外の意思表示だったら逆に困ってしまう。

少しだけためらったものの……覚悟を決めて安芸宮の口にレンゲを差し入れた。

「……ん……」

返ってくる小さな反応。

もぐもぐと咀嚼をした後に、遠慮がちに喉を鳴らして飲みこむ。

「……おいしい……」

「え……？」

「……すごくいい味。わたし、これ好きだな……」

「そ、そうか……」

それは普通に嬉しい反応だった。

「えっと、おかわりはいるよな？」

「……」

安芸宮がこくりとうなずいたのを確認して、またリゾットをすくったレンゲを差し出す。

「……」

「……ん……」

「……」

「……んっ……」

「……」

「……んんっ……」

「……」

そんな雛鳥（ひなどり）にご飯をあげる親鳥のようなやり取りを繰り返す。

なんかこれ……クセになりそうだ。

妙な中毒性があるというか、庇護（ひご）欲がくすぐられるというか……

自分の中の密（ひそ）かな性癖が目覚めてしまいそうなことにおののきつつ、ひたすらにレンゲを動かしていく。

やがて何度かの「あーん」を経て、鍋は空っぽになった。

「……ごちそうさまでした……」

丁寧に手を合わせて安芸宮（あきみや）が頭を下げる。

「……えへへ、初めてこんなことしてもらっちゃった……」

そう照れたように笑う安芸宮（あきみや）の様子は、普段と変わりがないように見えた。

風邪の影響かいつもよりは少し元気がないようには思えるけれど、それでも安芸宮は安芸宮なのだと。

いやそれは俺がそう思いたかっただけなのかもしれない。

安芸宮にはいつだっていつも通りで、笑顔でいてほしいと。

……直前までそんな様子を欠片も見せていなかった安芸宮が突然五日も休むなんて、普通の状態であるはずがないのに。

この後。

この後……俺は一度目には知ることのできなかった、安芸宮の中にある隠された一面を知ることになる。

4

リゾットを食べ終わって、部屋の中にはどこかのんびりとした空気が流れていた。

食器などは台所に片付けて、今は二人で話をしながらお茶を飲んでいる。

「リゾット、ほんとにおいしかったよ。ありがとう」

「どういたしまして。口に合ったならよかった」

「合うもなにも、毎日食べたいくらいだったかも……」

そう言って小さく微笑む。

毎日って一体どういう意味なんだ……？　などと深読みをしつつ、そんな風に言ってもらえるのは作り手冥利に尽きるというものだった。

「そっか。でも風邪、だいぶ長引いてたみたいだったから心配だったけど、あれだけ食べられればきっと大丈夫だ」

「あ、うん」

「これならもう明日か明後日には学校に来られるんじゃないか。熱ももうないんだよな？」

「……」

「？」

「……」

微妙な反応で口ごもる。

何か気になることでもあるのだろうか。

そんな安芸宮に、俺は続けた。

「あ、もちろん無理して出てきてくれって言ってるわけじゃないんだ。健康が第一だから。でもいいかげん安芸宮が来てくれないと、花壇とか畑とかの世話は、ほら、さすがに俺たちだけじゃ限界があるからさ」

「……」

それは何気なく口にしただけだった。

どこか違和感のある安芸宮に、発破をかけて元気づけるために言った言葉。

きっと「ふふ、そうだね、トマ子ちゃんのお世話も手伝わないといけないしね」みたいな返事が笑顔とともにくるものだと、俺は気楽に考えていた。

だけど次に安芸宮の口から出てきた言葉は……まったく俺の想像から外れたものだった。

「……違う、の……」

「え？」

「……もう……ってるの……」

とぎれとぎれでよく聞こえない。

「安芸宮、何て……？」

聞き返そうと顔を近づけると、安芸宮は小さく首を振って。

絞り出すような声で……こう口にした。

「……あのね……本当は風邪なんて、もうとっくによくなってるの……」

「え……？」

最初は、安芸宮（あきみや）の言っていることの意味がわからなかった。

いやもちろん日本語として何を言っているのかはわかる。わかるのだけど……その言葉の真意がよく頭に入ってこない。

怪訝（けげん）な表情になる俺に、安芸宮（あきみや）は続けた。

「ううん……違う……もともと風邪なんて引いてなかった……ちょっと貧血で体調が悪かったくらいで、熱とかもなかったから、学校を休むほどじゃなかったんだよ……」

「風邪じゃない……？」

「……」

「え、じゃあ何でそんなこと……？」

それは思わず発せられた言葉だった。

他意はない純粋な疑問。

その俺の問いに、安芸宮（あきみや）はしばらくの間、何も言わなかった。

だけどやがて……何かを告白するかのように、ゆっくりと口を開いた。

「……ばっかり……だったから……」

「え？」

「わたしが家にいないと……**お父さんとお母さん、ケンカばっかりだったから**……」

「両親……？」

「……」

安芸宮が力なくうなずく。

「……もうずいぶん前から、何年も前からずっと仲が悪かったの……理由はよくわからない……仕事の忙しさとか、毎日の些細なことのすれ違いとか、そういう小さなことの積み重ねだったんだと思う……」

「……」

「……気づいたら二人ともお互いになるべく干渉しないようになってて、でも顔を合わせば言い争いばっかりで……最近では部屋で布団を被っても聞こえるくらいの声で怒鳴り合うこともあった……」

その時のことを思い出したかのように辛そうな表情で耳をふさぐ。

「……特にここ数ヶ月はケンカをしない日はないってくらいに関係は最悪で……本当に毎日言い争いばっかりだった……まるでお互いのことを傷つけることが目的みたいで、優しかったお父さんとお母さんの姿はそこにはなくて、見てられなかった……。それで……」

そこで安芸宮は一度言葉を止めた。

顔をうつむかせながら声を震わせると。

「……離、婚……するんだって……」

「え……？」

「前からそのことは話し合ってたみたいだけど……とうとう正式に決まっちゃった……それを二人から言われたのが、ちょうど五日前だったの……」

それは安芸宮(あきみや)が学校を休み始めた日だ。

「わたしはどうにかして元に戻ってほしかった……仲が良くて家族で笑い合ってたあの頃に戻ってほしかった……わたしはお父さんもお母さんも二人とも大好きだから……だからずっと修復しようとしてたけど……でもダメだった……」

「……」

「わたしがいれば……その時はかたちだけでも二人が仲良くしてくれるから……イヤな言い方だけど唯一の鎹(かすがい)だったから……風邪だって言って学校を休んでずっと説得してた……だけど、それでも無理だった……どうにもならなかったんだよ……」

「……」

知らなかった。

安芸宮(あきみや)が休んでいた本当の理由も。

そして安芸宮(あきみや)がこんな風に、両親のことで悩んでいたなんて。

……一度目の時もそうだったのだろうか。

いや、きっとそうだったのだろう。

タイムリープで過去を変えたことで学校や俺の周りの状況こそ変わったが、それは安芸宮の家庭の事情には影響していないはずだ。

ということは安芸宮は、一度目の時もこんなに思い詰めるほど家族のことで悩んでいたということで……

「……もうわたし……疲れちゃった……」

安芸宮が泣き笑いのような表情でそう言った。

「わたしも色々がんばった……休日はいっしょに買い物に行っておいしいお店で外食をしたり、二人の好きな場所の旅行をプレゼントしたり、毎年結婚記念日には盛り上げようとしてサプライズをしたり……だけどどれも響いてくれなかった……」

「全部……繰り返しだった」

「もしかしたらこれでうまくいくかもしれないっていう希望が少しだけ見えてきたと思ったらそれがすぐに消える……何回やっても……なにをやっても最後には全部ムダになる……そんな、虚しい繰り返し……」

「結局……人と人とのつながりなんてそんなものなのかもしれない……どんなにがんばったってすぐに切れてなくなってしまうもので……そんなに頼りないものなら……最初から距離をとった方が……はじめからない方がいいのかもしれなくて……」

「もう……わたし……どうしていいか、わからないよ……」

声を詰まらせながらそう口にして、両手で顔を覆う。

その手の隙間からは、とめどもなく涙がこぼれていて……

「……」

それはたぶん……俺が初めて見る安芸宮の弱い姿だった。

一度目にはそんなものがあることにすら盲目的で、この二度目でも今日に至るまで目にすることのなかった、おそらく年相応の彼女の姿。

心のどこかで……俺は安芸宮のことを偶像のように見ていたのかもしれない。

どんな時でも明るく優しく前向きで、何かに悩むことなんてなくて、希望を与えてくれる向日葵のような存在。

そんな人間——いるはずがないのに。

——結局一度目では、いやこの二度目でも、俺は安芸宮のことを何もわかっていなかったってことか。

こうして両親の関係に悩んでいるなんて……これっぽっちも気づかなかった。

表面の都合のいい部分しか見ていなかった。

……いや違う。

見ようとしていなかった。向き合うことから逃げていたのだ。

その事実を突きつけられる。

「……」

目の前で嗚咽を漏らす安芸宮に、声をかけることができない。

本質から逃げた先の十年の浅い経験と、薄っぺらなコミュニケーションの知識なんて、この場では何の役にも立たなかった。

どれくらいそうしていただろう。

やがて頬に涙の跡を残したまま、安芸宮は顔を上げた。

「ねえ……藤ヶ谷くん……」

「……？」

どうしてそこで安芸宮がそれを問うてきたのかはわからない。

だけど彼女は、俺にとって一番訊かれたくない言葉を口にした。

「——最近は、絵を描いてないの……？」

「……！」

頭を殴られたような衝撃だった。

かつて俺の夢だったもの。

安芸宮が形にしてくれたもの。

だけどそれはあの事件以来……手紙と絵が磔にされてしまっているのを見て以来……失われた。

あの日以来……俺は絵を描けなくなってしまっていた。

一度目は言うまでもなく、二度目となったこの夏でも、やはり絵筆は握れないままだった。

安芸宮から与えられた希望は……安芸宮の手によって再び閉ざされてしまっていたままなのだった。

「やっぱり、そうなんだ……」

「……?」

「うん……そうなんじゃないかと思ってた。わたしはなにも守ることができてない……わたし、は、また間違えたんだって、て……」

安芸宮が何を言っているのかはわからない。

ただ安芸宮の目はひどく悲しげで、決定的に何かを掛け違えてしまっているのだということだけはわかった。

結局……この時、俺は安芸宮に何も言うことができなかった。

5

その後、どうやって帰ってきたのかはよく覚えていない。

ただフラフラと魂が抜けたような状態で安芸宮の家を出て……気づけば自室のベッドに横たわっていた。

気分は最悪だった。

この二度目の夏にやってきたことが、全てひっくり返されてしまったような気すらしていた。

「……」

安芸宮の真実。

自分は本当に何もわかっていなかったのだという事実に、打ちのめされる。

別れ際に、彼女はこう言った。

『離婚したら……わたしはお母さんに付いていくから、たぶん引っ越すことになると思う。もう、その準備も始めてるんだ……』

部屋に物が少なかったのは、引っ越しの準備をしていたからだ。

そして——確信する。

一度目の時も、これと同じことが起こっていた。

あの時も俺の知らないところで安芸宮は悩んでもがいていて、だけどその甲斐なく両親は離婚してしまい、引っ越しをしてそのまま消えてしまったのだ。

このままじゃ……何も変わらない。

また俺の目の前から、安芸宮はいなくなってしまう。

「……」

だけど思えば……一度目も、二度目も、俺は何度も安芸宮のことを知らずに傷つけていたのではないだろうか。

陰キャでコミュ障だった俺だけれど、家族仲が良かったのだけは自慢だった。

父親とも母親とも関係は良好だったし、妹ともよく口喧嘩はしていたけれど、決して仲が悪いわけではなかった。

家族の話はいつも明るいものだったし、そういった話を何度も安芸宮にしたような気がする。

彼女が求めてやまなかったものを何の苦労もなく手に入れていて、当たり前のように楽しく語っていた俺のことを……安芸宮はどんな気持ちで見ていたのだろう。

表面上は笑顔だったけれど、もしかしたらその内では俺に対する言葉にできない思いを抱えていたかもしれない。

結局——全ては押しつけだったのだ。

楽しいに違いないと思っていた会話も、あの時の初恋の思いも、こうであるに違いないという安芸宮の心も。

「それは……振られるよな」

安芸宮の表面だけを見て心が通じ合っているはずだとお気楽に思っていた自分を、ぶん殴ってやりたい心地に駆られる。

過去を変えるために自分を変えるなんて、とんだお笑いぐさだ。

結局、俺は何も変わっていない。

いくら外見を整えて、周囲からの評価を上げて関係をつないでも、中身は視野が狭く独りよがりな子どものままだ。

「……」

もう……どうしたらいいのかわからなかった。

告白をしなければいいのかもしれない。

そうすれば少なくとも振られることはなく、手紙が磔にされることもなく、表面上は安芸宮と俺の関係は何ら変わらないまま終わるだろう。

安芸宮がいなくなってしまうことは避けられないとしても、あの時のようにわけもわからず目の前から消えてしまうということにはならないはずだ。

一瞬だけ、その甘い誘惑に心を惹かれるも……

「……バカか、俺は」

それはこれ以上ないくらいの逃げだ。

二度目の機会を与えられておいて、ここまで安芸宮の本心を見ることができて、なおその選択をするのなら俺はもう本当に救いようがない。

俺は安芸宮と向き合わなければならない。

向き合って、その心に踏み入っていかなければならない。

それだけが……きっとこの二度目の夏を変えるための、初恋を取り戻すための、最後の手段だ。

考える。

どうすればそれを成し遂げることができるのか。

安芸宮とのつながりを、過去を、青春を、初恋を……全てを取り戻すことができるのか。

一晩中……それこそ一睡もせずに考え抜いた。

そして……一つの答えにたどり着いたのだった。

翌朝。

「おはよ、お兄ちゃん。ん、どしたの、顔色悪いっていうかクマがすごくない？　ちょっと死相が出たブナシメジみたいっていうか」

「なあ、朱里」

「？　なによ？」

部屋を出たところで顔を合わせた妹に、俺は言った。

「今日は学校を休む」

「は？」

「今日だけじゃない。やることができた。だからそれをやり遂げるまでは、行かない。そのことをうまく親たちに説明してくれないか？」

「やることって……なにする気？」

訝しがる妹に。


「——絵を描くんだ」


迷いなく、そう言った。

それが俺が出した答えだった。

描けなくなった絵。

それこそが、全ての象徴のような気がした。

安芸宮の弱い面から目を背け、自分の思いから逃げ、夢も何もかも投げ出した結果が……一度目の人生のあの末路だったのだから。

「はあ？　絵って……なんでまた急に？」

「それは言えない。だけど頼む。今の俺にとって何よりも大事なことなんだ」

頭を下げて頼みこむ。

自分でも無茶なことを言っている自覚はあったけれど、これだけは譲れない。

その勢いに、妹も納得してくれたようだった。

「あー、もうしょうがないなー。なんかよくわかんないけど、お母さんたちには風邪とか言ってうまくごまかしとくから。二人が仕事に行くまでは寝たふりとかしてきなよ」

「悪い……恩に着る」

「いいよ。そのうち美羽（みう）先輩のサインとかで返してくれればいいから」

そう笑って、妹は学校に登校していった。

やがて父親や母親が仕事に出たのを見計らって、俺はずっと放置したままだった画材道具を手に取った。

「……」

十年ぶりに握った絵画用の鉛筆は、手に馴染（なじ）まずひどく違和感を覚えた。

それはそうだろう。

それまでずっと離れていたものの感覚を、一朝一夕に取り戻せるものじゃない。

だけどやるしかないことはよくわかっていた。

幸いなことに、安芸宮の真実を知った今、絵を描くことに対する拒絶感は何とか抑えこめるくらいまで薄らいでいた。

最初の一日は、とにかく描きまくった。

この十年ですっかり鈍ってしまった勘を取り戻すのと、手を道具に馴染ませるためだ。

二日目は下描きをしていたらあっという間に過ぎていった。

起きてからひたすら鉛筆と消しゴムを動かし続けていて、気がついたら日が暮れていて驚いた。

三日目。

ようやく少しだけ道具が手に馴染んできた頃、放課後になって突然美羽がやってきた。

「ちょっとフジっち、なんでフジっちまで学校来なくなってんの⁉」

玄関から入ってくるなり、飛びこんできた言葉がそれだった。

「アキっちの家にお見舞いに行ったままなんも連絡がないし！　しかもアキっちもまだ休んだままだし！　もう意味わかんないし心配するじゃん！」

「あー、ええと」

それはこの上なくもっともな言葉だった。

「何も言わなかったのは悪かった。でも今は時間がなくて……」

「時間？　フジっち、なにしてるの？」

「……それは今は言えない。だけど、おかしなことじゃないから」

その返答に美羽はしばらくの間「むー」と不満そうな顔をしていたけれど。

やがて。

「……フジっちにとって、それは絶対に優先したいことなんだよね？」

「ああ」

「……いつかはなにしてたか教えてくれるんだよね？」

「約束する」

「……わかった。だったら今はなにも訊かない。フジっちのことを信じる。フジっちとアキっちが戻ってくるまで、『園芸部』はあたしがちゃんとしとくからだいじょぶだよ！」

「ま、美羽っちだけだとふつうに肥料と除草剤を間違えたりしそうだから、うちらも手伝うし」

「そうそう。今度は空気読まないことしないように、園芸のことは調査済みだからさ」

「私たちに任せといてよー」

と、いっしょに来ていたのか、美羽の友だちの三人もそんなことを言ってきてくれる。

「あ……」

その心遣いが嬉しかった。

美羽たちの真っ直ぐな気持ちと笑顔が、胸に染み入るかのようだった。

また次の日には、佐伯さんがクラスメイトたちとともにやってきた。

「んー、風邪って聞いてたけど元気そうだねー」

「あー、悪い、風邪っていうのはウソで……」

「やっぱそっか。なんとなくそんな気はしてたけどさー。でも藤ケ谷が来ないとさみしいじゃん」

「何してんのか知らないけど、早く来なよー」

「てかレザーブレス、いっしょに買いに行くんだろ？　いつにする？」

「あとうまいラーメン屋も紹介してくれるって言ってたじゃん。おれ、地味に楽しみにしてたんだぜ」

「あ、男子ばっかりずるい。うちらもおしゃれなカフェ、教えてもらうんだからねー」

「そうそう、それとみんなでカラオケに行く予定もあるんだって」

「お弁当作ってあげる約束もあるんだから、早く来てね」

口々にそんなことを言ってきてくれる。

学校を休むと、心配してきてくれているクラスメイトたちがいる。

自分は一人じゃないと実感させてくれる存在がいる。

これだけでも……少なくともこの二度目の夏にやってきたことは全てムダなわけじゃなかっ

たのだと、救われたような気持ちになることができた。

五日目以降。

そこからは、最後の追い込みだった。

描くべきモチーフに集中して、とにかく寝ている時間と食事をしている時間、風呂に入っている時間以外は全てを絵に注ぎこむ。

頭の中を、心の中を、とにかく理想のイメージで覆い尽くす。

辛くもあった。

しんどくもあった。

だけど一度目の夏の、それ以降の苦悩の日々を思えば、こんなものは何でもなかった。

こんな夏……葛藤と後悔にまみれた空想の中で、百回は繰り返してきた。

それから比べればまだ目の前に希望がわずかにでも残っているだけ遥かにマシだ。

怪我の功名か、一日が終わる頃には疲れ切ってフラフラだったおかげで、両親も風邪だということに疑いを持っていないようだった。

そんな日々が何日か続き。

そしてついに夏休み前日の朝。

「——できた……」

俺の目の前には、一枚の絵があった。

技術的には決してほめられたものではないけれど、今の俺に描ける精一杯のもの。

安芸宮に渡すための絵が……完成したのだった。

6

頭上には、抜けるような青空が広がっていた。

遮る雲は一つもなく、七月の日差しはこれから夏が本格的に訪れることを暗示するかのように強く降り注いでいる。

目の前には向日葵畑。

まるで黄色い絨毯を一面に敷き詰めたかのように鮮やかな色彩を周囲に振りまいている。

そしてその真ん中にいるのは……

「どうしたの、藤ヶ谷くん。急に来てくれなんて……」

安芸宮が不思議そうな顔で首を傾ける。

「悪いな、引っ越しの準備で忙しいだろうに」

「それはいいんだけど……なにかあったの？」

安芸宮のその問いに、俺は答えた。

「ん、ちょっと話があって」

「話……？」

「ああ、大事な……話だ」

その言葉に、安芸宮が少しだけ身構えたかのように声のトーンを落とす。

何もかも、あの日と同じ景色だった。

一度目の夏に……俺が安芸宮に告白をして、振られたあの七月の夏の景色と。

大きく深呼吸を一度して、俺は安芸宮に向けて一歩踏み出した。

「安芸宮に、聞いてほしいことがあるんだ」

「なに、かな……？」

じっとこっちを見上げた安芸宮に、俺は言った。

「あのさ……俺、安芸宮のこと、何もわかってなかった」

「え……？」

「安芸宮はいつだってやさしくて穏やかで、向日葵みたいに笑っていて、悩みなんてないのかと思ってた。どんな時も幸せに生きてるんだと思ってた。バカみたいだけど、少し前までは本気でそう思ってたんだ。……そんなはずないのに」

その言葉に、安芸宮の身体がぴくりと動いた。

「だから家族のことも、それに安芸宮が悩んでいることも……ぜんぜん気づかなかった。苦しんでる安芸宮の前で、無神経な話もしてた。そのことは本当に俺の落ち度だったと思ってる」

「それは……しょうがないよ」

と、安芸宮がさみしげに笑いながら言った。

「だってそのことは藤ヶ谷くんには隠してたんだもん。というか……本当は最後まで言うつもりなんてなかった。変に気を遣われたくなかったし、黙ったまま、なにも言わずに引っ越すつもりだったの。でも……最近の藤ヶ谷くん、前までとはちょっと変わったよね……？」

そこでちらりと俺の顔を見る。

「ううん、ちょっとじゃなくてだいぶ……かな。見た目だけじゃなくて、考え方とか周りとの接し方もだいぶ前とは違うようになったと思う。それはすごく好ましい変化だと思った。だから変わった今の藤ヶ谷くんにだったら言ってもいいんじゃないかって思ったの。藤ヶ谷くんになら、話したらなにかが変わるんじゃないかって……そう勝手に思っちゃったの」

「安芸宮……」

それは俺にとって福音でもあった。

俺の変化が安芸宮の変化を促し、本心を少しでも引き出す一端となったのなら、それ以上のことなんてない。

だけど安芸宮は。

「ごめんね……」

「え……？」

「わたしの悩みを……家の事情を藤ヶ谷くんに押しつけちゃって……。だれかに言ったってどうにかなるものでもないのに……あんなこと……余計な負担になるだけで、聞きたくなかったよね……」

「そんなこと……」

この二度目の夏を経ることで、多くの気づきや変化を積み重ねることで、やっとわずかに触れることが叶った安芸宮の本音。

ようやくさらけ出してくれた心のもろく弱い部分。

それに安芸宮が申し訳なさなど感じることなんて何もない。

だけどそれを口で言ったところで、今の安芸宮は受け入れないだろう。

それがわかるくらいには、安芸宮のことを理解できるようになっているつもりだ。

だから……

「──安芸宮、来てくれ」

「え？」

「安芸宮に伝えたいことがある。だけどその前に、まずは見てほしいものがあるんだ」

そう言うと、安芸宮の返事を待たず、俺は彼女の手を握って歩き出した。

「え、藤ヶ谷くん……？」

「頼む。俺を信じてくれ」

「……う、うん……」

どこか不安げにうなずく安芸宮。

そんな彼女を連れて、足早に進んでいく。

向かった先は――

「教室……？」

安芸宮が目を瞬かせながら声を上げる。

そう、俺が向かったのは二年一組の教室。

この二度目の夏ですっかり見慣れたはずのその場所は、いつもとは雰囲気が違っていた。

終業式が終わりクラスメイトたちが戻ってきていたそこには……黒板の前を中心にして、人だかりができていた。

「……ねえ、あれって、だれが……？」

「……え、わかんない。でもすっごくきれいだよね……」

「……え、だけどこれ、どういう状況……？」

「……もー、そこは察してあげなって……」

クラスメイトたちがざわめいているのが聞こえた。

そのどこか落ち着かないような空気は、一度目のあの時と同じ。

だけど俺の中には、あの時のような不安な気持ちなどは欠片もなかった。

「安芸宮に見てほしいのは、これなんだ」

「え……？」

まだ状況がつかめていない安芸宮に、黒板を指し示す。

そこにあったのは……

「あ……」

安芸宮が大きく瞬きをしながら声を漏らす。


そこにあったのは……黒板に貼られた、一枚の絵だった。


「……これって……あの向日葵畑……」

そこで安芸宮は口元に手を当てて。

「……それと……わた、し……？」

声を詰まらせながら、そう口にした。

「ああ、あの向日葵畑と、そこにいる安芸宮だ」

「これ……藤ヶ谷くんが描いたの……？」

安芸宮の言葉にうなずき返す。

「ひさしぶりに、本当にひさしぶりに描いた。大変ではあったけど、やっぱり絵を描くのは楽しかった」

それは自分でも驚きだった。

十年ぶりの絵を描くという行為は、しんどくもあり辛くもあったけれど、それ以上に何より楽しさが勝った。

もちろんそれは……描く相手が安芸宮だったからだ。

「……どうして……」

「？」

安芸宮が、声を震わせながら言った。

「……どうして……また絵を描く気になれたの……？　もう描きたくないと思ったんだよね……？　描けなくなってたんだよね……？　それなのに……」

心の奥底まで覗きこんでくるような安芸宮の揺れる瞳。

その問いには、言葉に含まれている以上の何かがあるような気がした。

だから俺は……それにこう答えた。

「……変えたかったから、かな」

「……変える……？」

「ああ。とある理由から絵が描けなくなってたことも、その理由となった出来事に向き合おうとしないで逃げてばっかりだった自分も、そしてこの後悔しかなかった夏も、全部……」

何もかも変えて、取り戻したかったのだ。

青春も、楽しかった思い出も、初恋も。

絵と自分の気持ちが丸裸にされた、あの日と同じこの状況を乗り越えることで。

果たしてその言葉の意味をどれだけ安芸宮が理解していたかはわからない。

だけど俺から伝えたいことは一つだけだ。

「……」

大きく息を吸いこむ。

胸の中にある思いを、改めて言葉へと変えるべく決意を固める。

「――安芸宮」

「……はい……」

「あのさ……俺、ここに来るまでにだいぶ遠回りもしたと思う。わからないことだらけで、いくつになっても迷うことばっかりで、もどかしい思いもした。……俺はさっき、変えたかったって言った。だけど何度目の夏になっても変わらない、一つだけ確かなことがあるんだ……」

そこで一度、言葉を止めて。

俺は真っ直ぐに安芸宮の琥珀色の瞳を見つめると。

「俺は……安芸宮のことが好きだ……！」

万感の想いを込めて……そう口にした。

「好きで大切で……ずっといっしょにいたいと思ってる。だから……これを安芸宮に受け取ってほしい。ここに俺の気持ちは全部込められていると思う。や、ひさしぶりだから、ぜんぜんヘタクソだけど……」

「……」

「ダメ、か……？」

「……」

「……」

「……ううん、そんなことない……」

僅かな沈黙の後、目を細めながら、安芸宮はふるふると首を振った。

「ヘタなんて……そんなことない……すごく、すごく……心に訴えかけてくる……」

「……」

「わたしは……この絵、好きだよ。世界中のどんな絵よりも、好き……本当に素敵だと思う

「……」

「安芸宮……」

「……変えられるんだね……」

「え？」

「……諦めないで向き合っていけば……変わることもある……ただの意味のない繰り返しじゃなくて、それが花となって実を結ぶこともある……そういうこともあるんだって……」

「……」

「ありがとう藤ヶ谷くん、そのことを教えてくれて……」

涙混じりにそう言って、安芸宮が頭を下げる。

その表情は、どこか何かが吹っ切れたもののように見えた。

そして……

「……わたしも……藤ヶ谷くんのことが好き……」

「初恋をくれたあなたのことが……わたしを、この夏の全てを変えるきっかけをくれたあなたのことが……大好き。あなたの夢を……ずっとずっと応援したいと思ってる……」

「あ……」

耳に響いた安芸宮(あきみや)の透き通るような声。

全身から力が抜けていくのを感じた。

一度目の夏に、切望した言葉。

それをやっと聞くことができた。

初恋を……取り戻すことができたのだ。

「安芸宮(あきみや)……」

「……」

こっちを見上げながら穏やかに微笑(ほほえ)む安芸宮(あきみや)をそっと抱きしめる。

その小さな身体(からだ)は、びっくりするほど細くて柔らかくて、まるで昔からそこにあったかのように落ち着くいい香りがした。

きっとこの温(ぬく)もりを得るために、こうして二度目の夏を繰り返すことになったのだと……そう確信することができた。

しばらくの間、全てを忘れてそんな優しい日だまりのような瞬間に身を委ねようとして……

「はいはい、そこまでー」

「！」「⁉」

と、そこで割って入ってきた声に我に返った。

「ちょっとちょっとー、二人だけの世界に入るのはいいんだけど、私たちがいること忘れてない？」

見ると佐伯さんをはじめとしたクラスメイトたちが、ニヤニヤとした表情を浮かべながらこっちを見ていた。

「言っとくけどここは教室なんだからね？　あんまラブラブしてるところを見せつけるようだとイチャイチャ恥ずか死罪で逮捕しちゃうよ？」

「や、それは、その」

「でも、まー、めでたい！　おめでとー！」

「ね、すっごいいい告白だったよ！　何言っているのかはあんまりよくわかんなかったけど」

「安芸宮と藤ヶ谷ならお似合いだよな」

「ていうかこの絵を描いたの、藤ヶ谷くんなんだ？　すごいね、こんな特技があるなんて知らなかったよ」

「安芸宮さんがすっごくきれいに描かれてるよね？　ねえねえ、やっぱりこれって愛？」

口々にそんなことを言ってきてくれる。

「あ、いや……」

「え、ええと……」

クラス全体を包む祝福ムードに、安芸宮も俺もどう反応したらいいのかわからなくなる。

いや、ホント、こういうところはノリがいいな、このクラス……

とはいえこのままここにいるのも気恥ずかしすぎていたたまれない。

結果選んだのは。

「――安芸宮、行こう！」

「え？」

「ごめん、そういうわけだから、ちょっと今は安芸宮と二人だけになりたい！　詳しいことはまた今度説明するから！」

「はいはい、りょーかいりょーかい」

「悪い！」

まだニヤニヤしている佐伯さんたちにそう言うと。

驚いたように目をぱちぱちとさせる安芸宮の手を取って、俺は走り出したのだった。

7

たとえば幸せなんて、とても単純なものなんだと思う。

好きな人と同じ道を歩くことができていれば、それだけで天にも昇るような多幸感を得ることができる。

心の穴は満たされて、他には何もいらないと本気で思うことができる。

向日葵のような笑みを浮かべていっしょに走ってくれている安芸宮が隣にいる今……俺はそのことを心から実感していた。

教室から二人で脱出してきた俺たちが向かったのは、校舎裏の向日葵畑だった。

「……ハア……ハア……ここまで来れば……」

肩で息をしながら立ち止まる。

当然ながらだれも追ってくる者などいない。

ただ何十本もの鮮やかな色の向日葵が、まるで俺たちのことを祝ってくれているかのようにゆっくりと風に揺れていた。

「あはは、結局……ここに戻ってきちゃったね」

頭の上でこちらを見下ろす向日葵を見ながら、安芸宮が笑った。

「ん、そうだな」

「何だか藤ヶ谷くんとは、いつもここで何かしてる気がする。向日葵たちといっしょに」

「それは……そうかも」

とはいえここは二人の約束の場所であって、始まりでもある場所だ。

なので何かあると自然とここに足が向いてしまうのは、必然と言えるのかもしれない。

しばらくの間、二人とも何となく黙ったまま向日葵のある景色に身を任せる。

まるで波のようにゆらゆらと揺れる太陽の花。

それを見ていると、何だか白昼夢でも見ているようなフワフワとした不思議な心地になってくる。

そのままどれくらいそうしていただろう。

「ねえ……藤ヶ谷くん。向日葵の花言葉って知ってる？」

「え？」

と、つぶやくように安芸宮が言った。

「向日葵って、その色とか本数によって花言葉が違ってくるんだよ。そういう花は他にもあるけど、ここまで多いのは向日葵くらいなんじゃないかな。本数だと、一本、三本、七本、十二本、九十九本、百八本、九百九十九本……それぞれがぜんぜん違う意味を持っていて……」

「そう、なのか……」

「うん。だから……」

「？」

「──はい」

そう言って安芸宮が笑顔とともに俺に差し出してきてくれた手。

そこには……三本の大輪の向日葵が風を受けて小さく揺らめいていた。

「三本の向日葵の花言葉は……『愛の告白』」

頬を赤くした安芸宮が、少しだけ顔を逸らしながら言った。

「これが今の……わたしの気持ち、だよ……」

「安芸宮……」

「……っ……」

さらに頬を赤くする。

よく見れば耳の先まで真っ赤だ。

そんな安芸宮の姿が……これ以上ないくらいに愛おしく思えた。

（かわいい……）

「う、ラ、ラベンダーみたいに黙らないでほしいかな……。こ、ここはなんか反応がほしいところっていうか……」

ちょっと不満げにそう口をとがらせる安芸宮。

そんな彼女を。

「……」

「……あ……っ……」

俺は……そっと抱きしめた。

「ちょ、ちょ、藤ヶ谷くん……⁉」

「ゴメン。でも安芸宮を見てたらどうしてもこうしたくなって……」

「え、そ、それは……」

「ダメ、かな……？」

「ダ、ダメってことはないけど……あうう……」

安芸宮は少しの間じたばたしていたけれど、やがて観念したようにそっと腕を俺の背中に回し返してきた。

幸せだった。

腕の中にある安芸宮の体温が、その存在が、心地よかった。

このままずっとこうしていたいと心から思えるような瞬間で……

「安芸宮……」

「藤ヶ谷くん……」

何かを確かめ合うかのようにお互いの名前を呼び合いながら、しばらくの間そのまま互いの体温を分け合う。

ジリジリと降り注ぐ強烈な暑ささえも、今は心地よく感じられた。

鮮やかに咲き誇る何十本もの向日葵が祝福してくれているかのようだった。

やがてセミの合唱が一往復した頃。

腕の中の彼女と、目が合った。

それはいつだったか、教室で授業中に覗き見をしていた時と同じような偶然の交錯だったけれど、今度は俺も逸らさない。

安芸宮も、それに応えるかのように真っ直ぐに見つめてくる。

そして……

「……」

その琥珀色の目が、静かに閉じられた。

空気が変わるのを感じた。

まるでその瞬間だけ、この校舎裏が世界から切り離されたかのようだった。

一瞬とも、永遠とも思える時間。

「……」

そのまま……俺たちはそっとキスをした。

それはこの上なく初々しいような、それでいてどこか懐かしいような、不思議な交わりだった。

その時だった。

「……？」

ふいに意識が、ぐにゃりと歪むのを感じた。

鮮やかだった視界がぼやけていき、うるさいほどに響いていたセミの鳴き声がフィルターを通したかのように遠くに聞こえる。

ひどく甘ったるいような、それでいて日向（ひなた）のような、向日葵（ひまわり）のむせかえるような香りが辺りに立ちこめる。

（これは……？）

あの時と同じ感覚。

車に轢（ひ）かれて意識が朦朧（もうろう）としていた時に……安芸宮（あきみや）の唇を感じた時と、同じ感覚だ。

例えば……と思う。

もしかしたらあの時のタイムリープは、夏に後悔を持つ二人の——安芸宮（あきみや）と俺のキスが、引き金となっていたのだとしたら……？

そして再び未来に戻るための手段も、同じものなのだとしたら……

それは陳腐な妄想かもしれない。

だけどそのことを裏付けるかのように、目の前の光景は急速に現実感を失っていく。

全てが上書きされていくかのように。

そして俺の意識は……そのまま闇に落ちていった。

（安芸宮（あきみや）……）

最後に見たのはこっちに向けて何かを話しかける安芸宮（あきみや）の表情と、その後ろに浮かぶ鮮やかな向日葵——日廻りの黄だった。

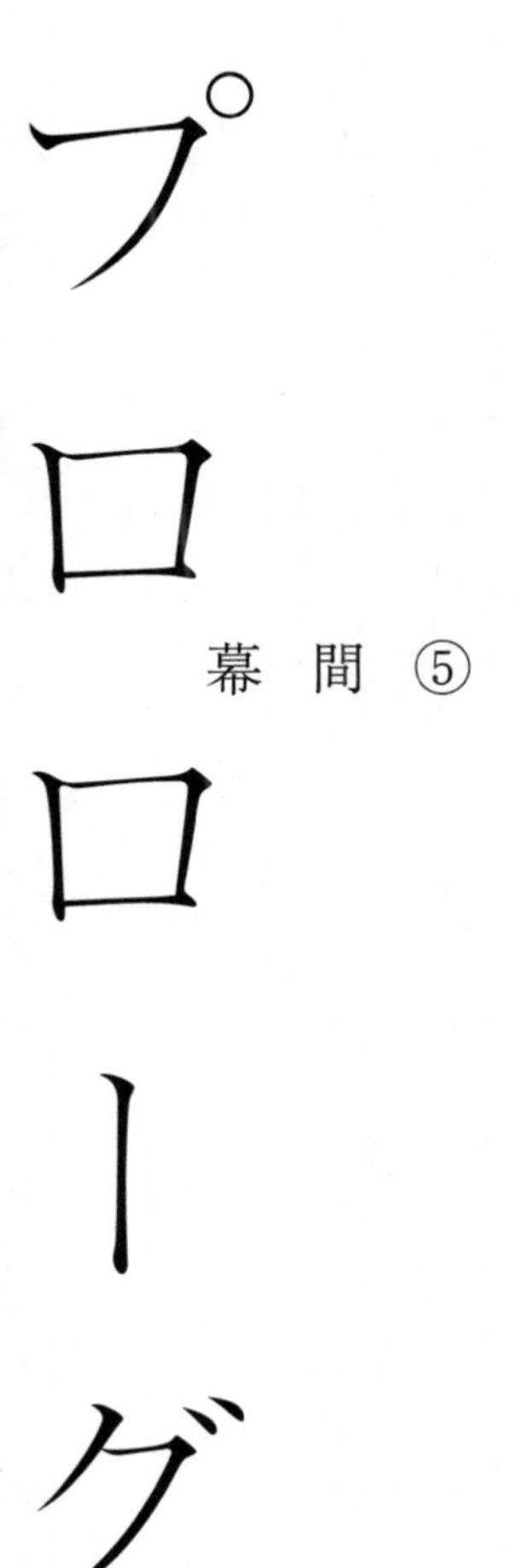

プロローグ

幕間⑤

雨がザーザーと音を立てて降っていた。

視界が白く濁り、七月の蒸し暑い空気の中、細かい糸のような水滴が傘を差していてもまとわりつくように服に張り付いてきて少しだけ鬱陶しい。

だけどそんな鬱陶しさも、大して気にならなかった。

「ねえ、次はどこに行く？」

隣で傘を差しながら並んで歩いていた彼女が、そう軽やかに口にした。

「そうだね、駅前の公園とかは？」

「あ、いいかも……。あそこも向日葵（ひまわり）がたくさん咲いててきれいだもんね」

うなずき返して、歩き出す。

幸せだった。

追いかけたい夢があって、隣にはそれを応援してくれる、自分と同じくらい——いや自分以上に大切にしたいと思っている相手が、笑いかけてきてくれる。

中学の頃に手紙を送って告白をして、そこからずっと付き合いの続いている彼女は、僕にとって唯一無二のかけがえのない存在だ。

これ以上望むことなんて何もない。

このままこんな時間がずっと続いてくれればいいのにと、本気でそう願っていた。

その時だった。

ふいに目の前が真っ白になった。

続いて響く耳障り（みみざわ）なクラクション。

「危ない……！」

とっさの判断だった。

考えるよりも先に、身体（からだ）が動いていた。

彼女をかばうように全力で歩道側に押しのける。

直後に、衝撃が全身を走った。

回る視界。

世界が何回転かした後に、仰向けの状態で止まった。

身体（からだ）の激しい痛みとともに、後頭部に触れている冷たい感触がアスファルトだということを遅ればせながら意識する。

轢（ひ）かれたのだ……と気づいた。

路肩に停（と）められた車はハザードランプを光らせていて、傍（かたわ）らでは震えた声で彼女が救急車を呼んでくれているのが聞こえる。

ああ、よかった、彼女は無事みたいだ……

身体（からだ）はあちこち痛むけれど、反射的に受け身をとったおかげでそこまでケガはひどくはないようだった。

たぶんだけど、命に別状はないはずだ。

だけど彼女の様子は違った。

彼女は……まるで世界が終わってしまったかのような悲痛な表情を浮かべていた。

どうしてそんな顔を……？

「大丈夫……だから……」

彼女を安心させようと、その頭を撫（な）でようとする。

だけどできなかった。

右手が……動かない。

さっきからまるでそこから先がなくなってしまったかのように右手の感覚がなかった。

「ごめんなさい……ごめんなさい……」

ただ彼女のそんな声だけが響く。

その泣き顔を描きたいと思ってしまったのは……僕の最後の未練かもしれなかった。

エピローグ
epilogue

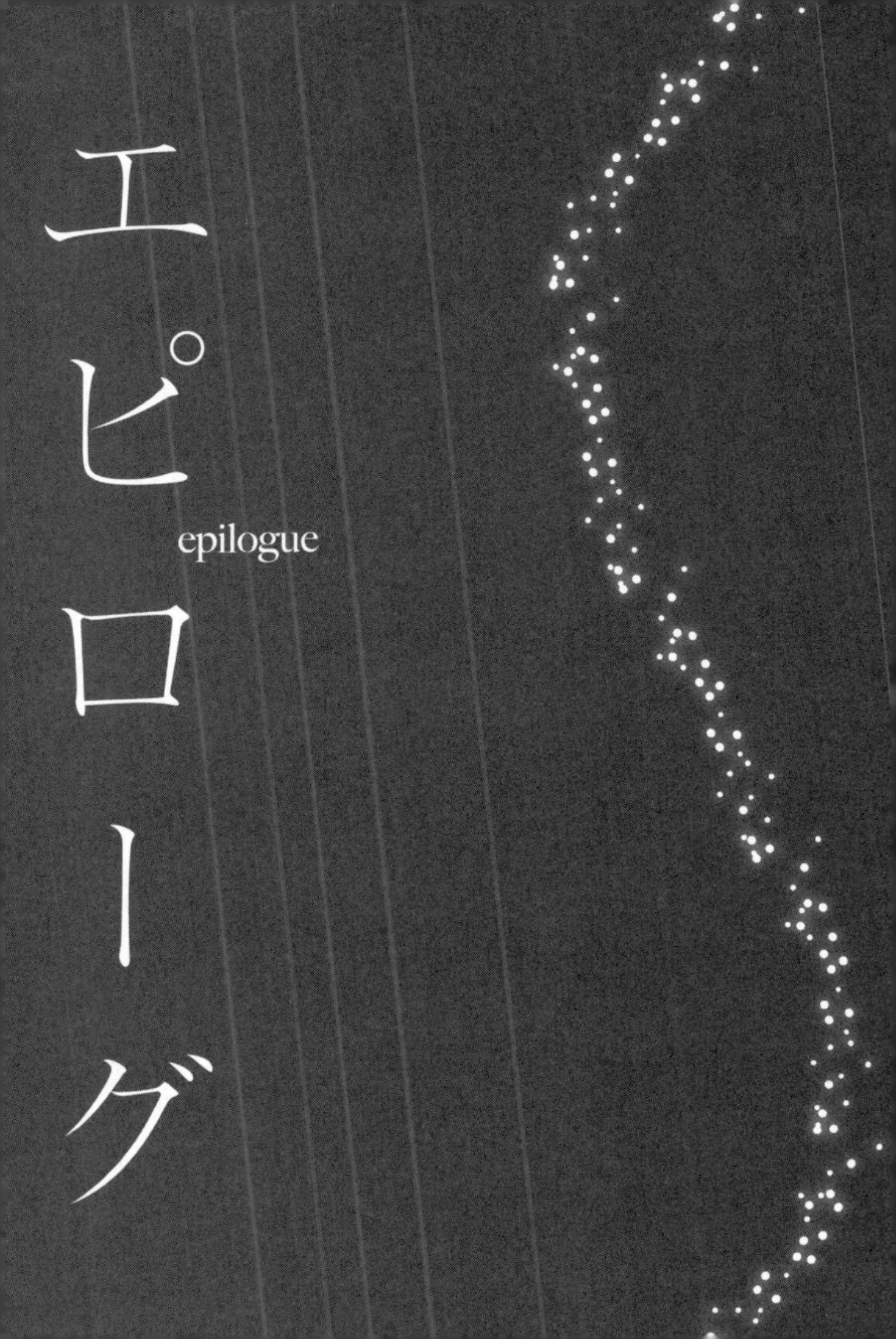

　幸せな夢を見ていた。

　やり直した夏で、想い人と気持ちを通じ合わせ、そのままいっしょに毎日を過ごす夢。

　その中で、俺たちは思い描いた理想の中学校生活を、青春の日々を送っていた。

「今日はどうしようか、藤ヶ谷くん」

「『園芸部』の仕事は水やりだけだっけ？　じゃあそれが終わったらまた安芸宮のことを描いてもいいか？」

「え、い、いいけど」

「？　どうかした？」

「その……」

「？」

「わたしばっかり描いてて……藤ヶ谷くんは、飽きたりしないのかなって」

「何だ、そんなこと」

「うう、でもでもー」

「飽きるわけない。むしろ安芸宮のことを知るほど、もっともっと描きたくなる」

「あ……」

「だから、描いてもいいか？」

「……（こくり）」

毎日のように、向日葵畑の中で笑みを浮かべる安芸宮の絵を描いたり。

「ね、ね、手、つないでもいいかな？」

「え？」

「ほら、こっちの帰り道にはだれも来ないし、だれも見てないよ？　付き合ってるんだし、それくらいいよくない？」

「……」

「……（じー）」

「……ほら」

「え、えへへー」

二人で手をつなぎながらいっしょに下校をしたり。

「もう分かれ道かー。ここでばいばい、だね」

「そうだな……」

「ヘンだな……もうちょっといっしょにいたいって思っちゃう。今日も一日あんなにずっといっしょだったのに……」

「や、それは……」

「……？」

「その、俺も同じで……」

「藤ヶ谷くん……」

「安芸宮……」

「……」

「……」

別れ際を惜しんで、二人でお互いを見つめ合いながら十分以上その場に留まったりもした。

幸せだった。

ただただひたすらに甘く、やさしく、こんな日々がずっと続いていけばいいと心の底から思った。

それは夢だったのかもしれないし……俺の記憶なのかもしれなかった。

❀❀❀

目が覚めると、最初に目に入ってきたのは見慣れた天井だった。

窓から入ってくる風を受けて、少しオレンジがかったライトの光がゆらゆらと揺れている。

「俺の、部屋……？」

　ぼんやりとした意識で周囲を確認する。

　目の前に広がるのは、確かに見慣れた自分の寝室だ。

　ただし生活感あふれる実家の子ども部屋ではなく、二十五歳の俺が暮らしていた１ＬＤＫのマンションの一室。

「戻って、きた……？」

　記憶はあった。

　車に轢かれた直後にタイムリープをして、二度目の夏を繰り返してきたという確かな記憶。

　慌ててベッドから起き上がって枕元にあったスマホのミラーアプリを起動する。

　ディスプレイに映っていたのは……確かに相応に歳をとった、もはや学生とは言えない自分の顔だった。

　どうやら、戻ってこられたのは間違いないらしい。

「ケガはしていない……」

　身体を動かしてみても、あの引き裂かれるような全身の痛みは感じられない。

　過去が変わることで、事故自体がなかったことになったのだろうか。

　その推測を裏付けるように、部屋は確かに自分のものであったものの、そこに置かれている家具などは俺の記憶にあるものと違った。

ファッション雑誌が入れられたマガジンラック、大きな姿見、アクセサリースタンド。

そして……壁に飾られた絵。

見覚えのないものだったけれど、それは自分が描いたものだということが確信できた。

「絵を、描き続けることができたんだ……」

そして、変化はそれだけじゃなかった。

小綺麗(こぎれい)に整頓された部屋の中には、間違いなく男性用ではないかわいらしい小物や服、アクセサリーなどが散見された。

どう見ても一人暮らしではなく、だれかと二人で暮らしている部屋だ。

ということは……

(俺は安芸宮(あきみや)と……？)

付き合うことに成功して、そのままこうしていっしょに暮らしている、のか……？

慌てて立ち上がり、この場にいるべき相手の姿を探す。

すると扉の向こうのリビングに、人の気配を感じた。

「——あ、やっと起きたんだ」

声が聞こえてきた。

大きくて、よく通る明るい声。

だけどどこか耳心地のいいその声には……聞き覚えがあった。

「昨日も遅くまで描いてたのはわかるけどさ、ちょい寝過ぎじゃない？　もう三時過ぎだよ。キノコになっちゃう……って、アカリっちの口癖が移っちゃったかな」

そんな苦笑とともに部屋の扉が開かれる。

扉の向こうから現れたその女性は……

「……」

「え、なに？　そんな人面犬でも見たみたいな顔して。まだ寝ぼけてるの？　顔洗ってくる？」

「どうして……？」

思わずそんな声が出てしまった。

状況がまったくわからない。

どうして美羽がここにいるのか。

こうしてここに美羽がいるということは、俺は彼女と暮らしているということなのだろうか。

だとしたら安芸宮（あきみや）は……？

混乱状態になる俺に。

「ちょっとちょっと、どうしてって、それはさすがに失礼じゃない？」

美羽（みう）はそう腰に両手を当てて……唇をとがらせながらこう言ったのだった。

「——高校からずっと付き合ってる彼女に、その台詞はないっしょ」

あとがき

こんにちはまたははじめまして、五十嵐雄策（いがらしゆうさく）です。

新作『青春2周目の俺がやり直す、ぼっちな彼女との陽キャな夏』をお届けいたします。

夏の雰囲気が好きです。

青い空、真っ白な入道雲、そして向日葵（ひまわり）。

本作はタイムリープものでありながら、夏の物語でもあります。大人になった今だからこそ、学生時代の夏というものはことさらに特別なもののように思えます。少しでもそういった夏の独特の空気を感じ取っていただけましたらうれしいです。

またいつも通り（?）、ラブコメの展開もありますので、そちらを期待されている方にもご満足いただけるといいな……と思っております。

ここからはお世話になった方々に感謝の言葉を。

　担当編集の黒川(くろかわ)さま、小野寺(おのでら)さま。今回は内容面でもだいぶ助けていただきました。ありがとうございます。

　イラスト担当のはねことさま。『かわてれ』に引き続き素敵なイラストを本当にありがとうございます！　カバーイラストをいただいた時にはあまりにもきれいすぎて一日中ずっと眺めていました……

　そして何よりもこの本を手に取ってくださった全ての方々に最大限の感謝を。

　それではまたお会いできることを願って——

二〇二三年五月　五十嵐雄策(いがらしゆうさく)

◉五十嵐雄策著作リスト

「乃木坂春香の秘密①～⑯」（電撃文庫）
「乃木坂明日夏の秘密①～⑥」（同）
「はにかみトライアングル①～⑦」（同）
「小春原日和の育成日記①～⑤」（同）
「花屋敷澄花の聖地巡礼①②」（同）
「城ヶ崎奈央と電撃文庫作家になるための10のメソッド」（同）
「続・城ヶ崎奈央と電撃文庫作家になるための10のメソッド」（同）

「城姫クエスト　僕が城主になったわけ」（同）
「城姫クエスト②　僕と銀杏の心の旅」（同）
「SE-Xふぁいる　ようこそ、斎条東高校「超常現象☆探求部」へ！」（同）
「SE-Xふぁいる　シーズン2　斎条東高校「超常現象☆探求部」の秘密」（同）
「幸せ二世帯同居計画　～妖精さんのお話～」（同）
「終わる世界の片隅で、また君に恋をする」（同）
「ちっちゃくてかわいい先輩が大好きなので一日三回照れさせたい1～4」（同）
「琴崎さんがみてる　～俺の隣で百合カップルを観察する限界お嬢様～」（同）
「天使な幼なじみたちと過ごす10000日の花嫁デイズ」（同）
「青春2周目の俺がやり直す、ぼっちな彼女との陽キャな夏」（同）
「ぼくたちのなつやすみ　過去と未来と、約束の秘密基地」（メディアワークス文庫）
「七日間の幽霊、八日目の彼女」（同）
「ひとり旅の神様」（同）
「ひとり旅の神様2」（同）
「いつかきみに七月の雪を見せてあげる」（同）
「下町俳句お弁当処 芭蕉庵のおもてなし」（同）
「恋する死神と、僕が忘れた夏」（同）
「八丈島と、猫と、大人のなつやすみ」（同）

本書に対するご意見、ご感想をお寄せください。

ファンレターあて先
〒102-8177　東京都千代田区富士見2-13-3
電撃文庫編集部
「五十嵐雄策先生」係
「はねこと先生」係

本書は書き下ろしです。

電撃文庫

青春2周目の俺がやり直す、ぼっちな彼女との陽キャな夏

五十嵐雄策

2023年7月10日　初版発行

発行者　山下直久
発行　株式会社KADOKAWA
〒102-8177　東京都千代田区富士見2-13-3
0570-002-301（ナビダイヤル）
装丁者　荻窪裕司（META＋MANIERA）
印刷　株式会社暁印刷
製本　株式会社暁印刷

●お問い合わせ
https://www.kadokawa.co.jp/（「お問い合わせ」へお進みください）
※内容によっては、お答えできない場合があります。
※サポートは日本国内のみとさせていただきます。
※ Japanese text only

※定価はカバーに表示してあります。

ISBN978-4-04-915135-0　C0193　Printed in Japan

電撃文庫　https://dengekibunko.jp/

電撃文庫創刊に際して

文庫は、我が国にとどまらず、世界の書籍の流れのなかで〝小さな巨人〟としての地位を築いてきた。古今東西の名著を、廉価で手に入りやすい形で提供してきたからこそ、人は文庫を自分の師として、また青春の想い出として、語りついできたのである。

その源を、文化的にはドイツのレクラム文庫に求めるにせよ、規模の上でイギリスのペンギンブックスに求めるにせよ、いま文庫は知識人の層の多様化に従って、ますますその意義を大きくしていると言ってよい。

文庫出版の意味するものは、激動の現代のみならず将来にわたって、大きくなることはあっても、小さくなることはないだろう。

「電撃文庫」は、そのように多様化した対象に応え、歴史に耐えうる作品を収録するのはもちろん、新しい世紀を迎えるにあたって、既成の枠をこえる新鮮で強烈なアイ・オープナーたりたい。

その特異さ故に、この存在は、かつて文庫がはじめて出版世界に登場したときと、同じ戸惑いを読書人に与えるかもしれない。

しかし、〈Changing Times,Changing Publishing〉時代は変わって、出版も変わる。時を重ねるなかで、精神の糧として、心の一隅を占めるものとして、次なる文化の担い手の若者たちに確かな評価を得られると信じて、ここに「電撃文庫」を出版する。

1993年6月10日
角川歴彦

電撃文庫DIGEST　7月の新刊

発売日2023年7月7日

青春ブタ野郎はサンタクロースの夢を見ない
著／鴨志田 一　イラスト／溝口ケージ

「麻衣さんは僕が守るから」「じゃあ、咲太は私が守ってあげる」咲太にしか見えないミニスカサンタは一体何者？　真相に迫るシリーズ第13弾。

七つの魔剣が支配するXII
著／宇野朴人　イラスト／ミユキルリア

曲者揃いの新任講師陣を前に、かつてない波乱を予感し仲間の身を案じるオリバー。一方、ピートやガイは、友と並び立つためのさらなる絆や力を求め葛藤する。そして今年もまた一人、迷宮の奥で生徒が魔に呑まれて――

デモンズ・クレスト2
異界∽顕現

著／川原 礫　イラスト／堀口悠紀子

《悪魔》のごとき姿に変貌したサワがユウマたちに語る、この世界の衝撃の真実とは――。『SAO』の川原礫と、人気アニメーター・堀口悠紀子の最強タッグが描く、MR（複合現実）×デスゲームの物語は第２巻へ！

レプリカだって、恋をする。2
著／榛名丼　イラスト／raemz

「しばらく私の代わりに学校行って」その言葉を機に、分身体の私の生活は一変。廃部の危機を救うため奔走して。アキくんとの距離も縮まって。そして、忘れられない出会いをした。《大賞》受賞作、秋風薫る第２巻。

新説 狼と香辛料 狼と羊皮紙IX
著／支倉凍砂　イラスト／文倉 十

八十年ぶりに世界中の聖職者が集い、開催される公会議。会議の雌雄を決する、協力者集めに奔走するコルとミューリ。だが、その出鼻をくじくように“薄明の枢機卿”の名を騙るコルの偽者が現れてしまい――

わたし、二番目の彼女でいいから。6
著／西 条陽　イラスト／Re岳

再会した橘さんの想いは、今も変わっていなかった。けど俺は遠野の恋人で、誰も傷つかない幸せな未来を探さなくちゃいけない。だから、早坂さんや宮前からの誘惑だって、すべて一過性のものなんだ。……そのはずだ。

少年、私の弟子になってよ。2
～最弱無能な俺、聖剣学園で最強を目指す～

著／七菜なな　イラスト／さいね

決闘競技〈聖剣演武〉の頂点を目指す師弟。その絆を揺るがす試練がまたもや――「識ちゃんを懸けて、決闘よ！」少年を取り合うお姉ちゃん戦争が勃発!?　年に一度の学園対抗戦を舞台に、火花が散る！

あした、裸足でこい。3
著／岬 鷺宮　イラスト／Hiten

未来が少しずつ変化する中、二斗は文化祭ライブの成功に向け動き出す。だが、その選択は誰かの夢を壊すもので。苦悩する二斗を前に、凡人の俺は決意する。彼女を救おう。つまり――天才、nitoに立ち向かおうと。

この△（さんかく）ラブコメは幸せになる義務がある。4
著／榛名千紘　イラスト／てつぶた

再びピアノに向き合うと決めた凜華の前に突然現れた父親。二人の確執を解消してやりたいと天馬は奔走する。後ろで支えるのではなく、彼女の隣に並び立てるように――。最も幸せな三角関係ラブコメの行く末は……！？

新作 やがてラブコメに至る暗殺者
著／駱駝　イラスト／塩かずのこ

シノとエマ。平凡な少年と学校一の美少女がある日、恋人となった。だが不釣り合いな恋人誕生の裏には、互いに他人には言えない『秘密』があって――。『俺好き』駱駝の完全新作は、騙し合いから始まるラブコメディ！

新作 青春2周目の俺がやり直す、ぼっちな彼女との陽キャな夏
著／五十嵐雄策　イラスト／はねこと

目が覚めると、俺は中二の夏に戻っていた。夢も人生もうまくいかなくなった原因。初恋の彼女、安芸宮羽純に告白し、失敗したあの忌まわしい夏に。だけど中身は大人の今なら、もしかして運命を変えられるのでは――。

新作 教え子とキスをする。バレたら終わる。
著／扇風気 周　イラスト／こむぴ

桐原との誰にも言えない関係は、俺が教師として赴任したことがきっかけにはじまった。週末は一緒に食事を作り、ゲームをして、　恋人のように甘やかす。バレたら終わりなのに、その意識が逆に拍車をかけていき――。

新作 かつてゲームクリエイターを目指してた俺、会社を辞めてギャルJKの社畜になる。
著／水沢あきと　イラスト／トモゼロ

勤め先が買収され、担当プロジェクトが開発中止！？　失意に沈むと同時に、“本当にやりたいこと”を忘れていたアラサーリーマン・蒼真がギャルＪＫにして人気イラストレーター・光莉とソシャゲづくりに挑む!!

レプリカだって、恋をする。
Even a replica falls in love
榛名丼
［イラスト］raemz
16歳、夏。はじめての、青春。
愛川素直という少女の
身代わりとして働く
分身体(レプリカ)、それが私。
本体のために生きるのが
使命……なのに、
恋をしてしまったんだ。
海沿いの街で
巻き起こる
ちょっぴり不思議な
青春ラブストーリー。
応募総数
4,128作品の
頂点
第29回
電撃小説大賞
大賞
受賞作
電撃文庫

クセつよ異種族で行列ができる結婚相談所
～看板ネコ娘はカワイイだけじゃ務まらない～
五月雨きょうすけ
イラスト 猫屋敷ぷしお
見習い秘書係のネコ娘、今日も頑張っています！
第29回電撃小説大賞受賞作
電撃文庫
特設サイトをcheck!!
STORY
訪れるのはワケあり相談者ばかり？
異種族同士の婚活って大変なんです！
ドタバタ婚活ファンタジー、はじまります!!
電撃文庫

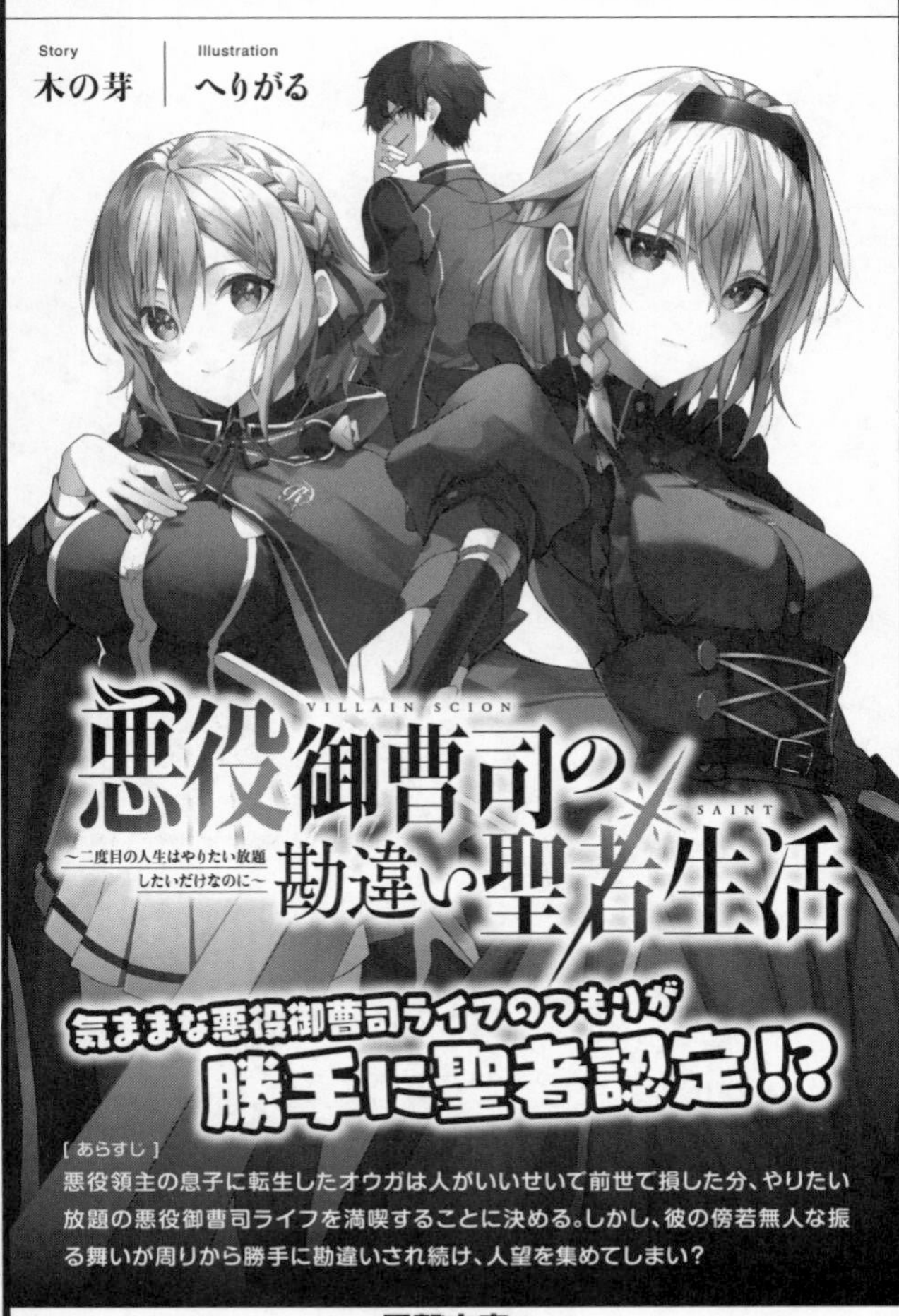
Story
木の芽
Illustration
へりがる
VILLAIN SCION
悪役御曹司の勘違い聖者生活
SAINT
〜二度目の人生はやりたい放題したいだけなのに〜
気ままな悪役御曹司ライフのつもりが
勝手に聖者認定!?
[あらすじ]
悪役領主の息子に転生したオウガは人がいいせいで前世で損した分、やりたい放題の悪役御曹司ライフを満喫することに決める。しかし、彼の傍若無人な振る舞いが周りから勝手に勘違いされ続け、人望を集めてしまい?
電撃文庫

命短し恋せよ男女

余命1年でも

恋がしたい!!!

［著］
比嘉智康
Tomoyasu Higa

［イラスト］
間明田
Mamyoda

恋に恋するぽんこつ娘に、毒舌クールを装う元カノ、
金持ちヘタレ御曹司とお人好し主人公――
命短い男女4人による前代未聞な
余命宣告から始まる多角関係ラブコメ!

電撃文庫